餅乾戰爭

COOKIE WAR

蘇善 著

目次

目次

目次

自序——亂針繡文

有些小說技法會說：找好人物，分好章節，有故事線，有時間差，有空間疊。然而，在創作之際，種種技法都不在我的腦裡，形式與內容一一跳開規矩，各自演繹，因此，書寫時，這個要我多寫一字，那個便要我再補一句，如此搶戲，加快敲打速度，從建立檔案，到最後一個句點浮出，這一部小說的完成打破了我自己的書寫記錄。

創作過程中，我也十分享受，沒有抽瘋，出入起居。所以，我稱之為「亂針小說」，亂出妙趣。

刺繡技法中，有所謂「亂針繡」，其「針法長短不一、方向不同且互相交叉，並運用分層、加色的手法，使得色彩更為豐富」，凡此種種，正如這一部小說的創作始末，是以，容我借來描繪水土之親疏，以及牽涉其中的人類拚生盡死的大器與小用。

這部小說概分六十七章，建構在「終極盤古大陸」的假設之上，放諸當今人類與環境之爭，想像未來景況。除了情節敘述，故事中鑲入四首詩歌，營造迷濛氛圍，讓似遠忽近的人物吟唱悠悠之情。

一如亂針，其美其力，皆在編織一幅奇觀，盼以少兒小說的規模，企及九思之浩翰；再者，這部作品特別著墨於食物的分配與共享，擬為環境議題小說增廣另一個探討面向。

蘇善　二〇一九年一月定稿

1. 交換日

「別坑人！」

「你才是『坑人』！」

「小氣！洞見！」

「當然，咱是不折不扣的『洞人』！」

「哼！」四個鼻孔總算噴出一樣，但是怒氣混茫，這個嫌那個小氣，那個怪這個窄量。

「再給一些紅紅綠綠的！」坑人說道。

洞人皺起眉頭：「貪心！」

看似爭執，終究互讓，畢竟，各有擅場，少了坑人，沒鹽，日常滋味平淡，而少了洞人，蔬果缺乏，無法聞見新鮮。

「下次多給你一條瓜！」

「我會帶上羊酪一塊！」

「期待……」

「也許還有別的……」

希望，在四隻眼睛之間交相輝映，雖然日子慣常黑暗與封閉。

坑人和洞人交換食物，互補養分，只在數量上計較，各自有底，絕對不能讓彼此空手而返，因為，昏暝多得數不完，必須趁著交換日，一起來到坑洞之外，伸伸手腳、擴擴胸，深呼吸，吐掉陰鬱，納入天然的氣息與亮光。

況且，還要問問對方的「深度」，探探土地是否又讓了一方。

「真想瞧瞧玫瑰鹽石哪……」阿井老漢說道，臉上閃溢眺想。

「咱的水晶……也是極品……」岩氏夫看似不服氣，卻明顯壓抑慍氣。

「聽說高一點的山上會有？」

「那倒未必。」

「夠深？夠濕？」

「一山勝似一山妙。」

「別有洞天。」

「哈、哈、哈……」岩氏夫和阿井老漢互拒互迎。

兩張嘴巴笑得偌大，話裡鬥智，把該藏的藏，可以分享的，洩露一二，留待時日證實，也當做下次見面的問候語，藉以斟酌信任是加或減。

岩氏夫和阿井老漢都想套出一些資訊，除了改善生存空間，同時保固命脈，不會濫用，也不至於匱乏。

「祝福你呼呼大睡。」岩氏夫輕鬆的說。

阿井老漢收下善意，回答：「祝福你手腳靈活。」

哈、哈、哈……

岩氏夫和阿井老漢各自踏起腳步，數著笑聲餘響，慢慢錯肩而過，身後各自跟著兩個孩子。

孩子們的表情漸漸燦爛。

而且，交換藏笑的目光。

2. 換人

目光，省了商量。

大人當面有禮，是不得不的往來，著眼未來。

小孩背後吐舌，閒淘氣，因為，什麼忙都不能幫，睜睜瞧著大人假惺惺，默默聽著言言語語，沒縫兒插嘴，疑問脹滿全身脈管。

玩興當然也有幾分，畢竟，難得走出坑洞，逮到機會就不能輕放，當下必要開心。

「沒意思。」岩秀嘟起嘴巴：「幹嘛不當面問個清楚，回去了才不時猜測，叨叨唸唸一整天！」

「不這樣，日子怎麼打發得完？」岩俊敲了敲妹妹的頭，半開玩笑半當真：「沒人像妳，整天喊悶，成天想玩。」

「哪……有……」岩秀低頭，收了話尾巴。

「大人很辛苦的！」

「知道……我知道……」

岩俊摸摸妹妹的頭，沒有指責的意思。

岩秀憋著氣，一句話鼓脹在兩頰之間：明明我是在幫忙！

大人之道，開口閉口不外乎生存之道，岩俊是越發理解了，再說，岩俊比岩秀年長兩歲，的確多看了幾次虛虛實實的盤話，耳朵是該尖銳一些。

「說妳知道……還不是出這個爛點子……」岩俊回頭望了望。

「不爛！」岩秀扯開喉嚨，隨即壓低聲音：「你不是也贊成了……」

「拗不過妳呀……」岩俊有幾分委屈。

「他們……」岩秀也回頭，翹起下巴，指了指：「都想試試……」

「因為有人跟妳一樣瘋了！」岩俊眼睛瞬間點亮。

岩俊眼睛的亮點裡，有個人，是阿井英。

阿井英的俏麗模樣簡直就跟岩秀一般，還多了些……什麼呢？說好聽嘛，是安靜自在，不好聽呢？在人前卻像眼前沒人！對了！是目中無人！

總之，岩俊喜歡。

可是，岩秀若跟阿井英一樣，肯定就是一座火山！

呵！

這一笑，只有岩俊自己聽見。

不遠處，阿井豪揮手，晃動呆滯的時間，搖醒出神的岩俊。

岩俊瞧著阿井豪，像瞧見自己，身體四處晃蕩，妹妹才是靈魂。

「我們去逛逛！」岩秀拉了哥哥的手，仰頭，跟岩氏夫保證：「天黑之前一定會回來！」

岩氏夫沒有回答，倒是直接盯著岩俊。

「嗯！天黑碰頭。」岩俊唯諾一句，用力點點頭，表示負責看顧兩個人。

說是看顧，其實是跟從。

岩俊心底嘟囔，女孩的奇想，有些荒唐，不過，也許好玩！

就像岩秀說的，不換食物，換人。

換人，體會前輩的困難。

換人，也想破舊立新，著眼於不遠的未來，考量新世代的處境。

岩氏和阿井一家已經長久來往，表面上計較，是為了多拿一些存糧，實際上互利互惠，把交換量掐到剛好，不浪費食糧，也會努力生產新花樣，讓交換日屢見驚喜，年復一年，厚實交情。

兩對子女，總是巴望這一天，大人說嚴肅的，小孩也要正經玩。

譬如，換人。

天黑，更好行動。

3. 一張臉

交換日，一年兩回。

在極夜，收攏蕭瑟，準備衣食抗寒。在極晝，展示耕畜的收穫。

岩氏和阿井一家，各有一對子女，岩俊和岩秀，阿井豪與阿井英，男孩一樣寡言，女孩一樣伶俐，管著哥哥東穿西撞，像是勒著脖子上的韁繩。

坑洞生活捱呀捱，就等著交換日，特別是極晝日，掙開拘束，讓全身舒暢。

這一次，不能只是傻呼呼遊蕩。

這一次要換人，在極夜已經決定。

地點也是，確定遠離市集，避開人群。

就在海邊的岩牆根。

不聞人聲，只聽得見風浪交響。

「過來，圍住。」岩秀用手指在眼前畫圓。

兩個男孩立刻脫衣，脫了一層，幸好還有一層。

「涼快多了！」阿井豪拉開單衣，感覺濕熱去了一半。

岩俊也揪揪衣領：「悶死我啦！」

「轉頭，別看。」阿井英已經學起岩秀的口吻。

即便沒有外人，兩個哥哥也算。

女孩當然在意胴體，雖然還有薄薄一層貼身。

於是，岩俊和阿井豪用單衣圍成一個空心，讓岩秀和阿井英站在裡面。

女孩倆，岩秀和阿井英一樣手腳俐落，換了衣物也換了裝扮，面對面，互換喜怒哀樂的表情，還有嬉笑聲音。

男孩倆，岩俊和阿井豪心上砰砰，無法說出的憂慮在眼神交換，想這遊戲應該是小娃兒在玩，說什麼體型相當，髮一撥、頭一低就能瞞過大人，怎麼可能？

「馬上就會被拆穿吧……」岩俊嘴上洩露了擔心。

阿井豪的眉頭微微一縮，也是掛著顧慮。

「試試看？」

誰說的？

「認得出來嗎？」

誰的聲音？

女孩倆先後現身，巧笑，目光一樣晶瑩。男孩倆呆了一呆，仍然拉著遮蔽用的單衣，眼前兩人還是衣裝未改呀，所以男孩倆以為被耍弄了。

「誰是誰？」兩個女孩淘氣的互繞一圈。

反向，一圈又一圈，這把戲，真是故意矇混。

兩個女孩擺出一樣的姿勢，連笑容都一樣甜美。

這……那……

指這又指那，岩俊朝向右前方跨出一小步，伸手輕輕推著女孩的肩頭，意思是讓她再轉上一圈。

再轉一圈，迷惑並未消散，甚至更濃。

「秀？」岩俊猶豫半刻，試探另一個女孩。

阿井豪的眉頭揪得更緊，十分懷疑的問：「不是推她的肩嗎？怎麼不選她？」

「讓你先選！」岩俊打消選擇，收回懸空的手。

「這樣……」阿井豪的判斷卻因此被動搖了。

岩俊退後，心底再次指認。

所以阿井豪能不能明快猜中？

「快！」這個女孩再說一句：「別耽擱時間！」

「快！」那個女孩也補一句：「還想四處玩玩哪！」

哎呀呀！

阿井豪抱頭在前，岩俊頓足在後，兩個男孩已經亂了視聽、亂了判斷。

「英！」阿井豪負氣，隨手一指。

岩俊隨即搶答，甚至搶人：「不對！她是我家的秀！」

另一個被忘在一旁的女孩見狀大笑，指著自己說道：「我才是秀唷！」

兩個男孩一驚，同時鬆手，把自己拉開幾步之隔，雙臂抱胸，悶氣和倦意一起襲來，除了猜不中的懊惱，也有一些憂思，揣想：這嬉鬧會不會過火了？

「這才開始哪！」一句話疊著兩個聲音。

就好像兩張女孩的臉湊在一塊，是同一張，也是兩個臉蛋。

「我是秀！」這個女孩指著左眉說。

「我是英！」那個女孩指著右眉說。

「不過，這是交換之後了。」兩個女聲還是打著謎兒。

阿井豪盯著自己的妹妹：「所以，妳是英？」

女孩點點頭。

「也就是說，妳是秀？」岩俊瞧著自己的妹妹，猜疑仍有一絲。

「沒錯！」兩個女孩齊聲點頭。

「好累喔……」岩俊抱怨。

「不知道你的眼睛都看見誰了？」岩秀調侃哥哥。

岩俊頭一低，直衝著阿井英質問：「妳別胡扯！」

阿井英噗哧大笑：「又認錯人囉！」

4. 耳垂之誌

「別胡掄了……」阿井豪出聲。

這一聲，頓時將嬉鬧轉進正事兒，氣氛深沉。

「嗯！」兩個女孩瞬間整衣斂容。

「看清楚了！」阿井英撩開耳際一綹頭髮，露出耳垂，說道：「右耳的耳垂上有顆痣，我是英！」

原來如此！

「早說嘛！這麼簡單！」岩俊忍不住扼腕。

阿井豪也恍然大悟，微微翹起嘴角，果然女孩們早有布算，肯定不會弄混。

「那麼，從現在起，換人！」兩個女孩的決心也同樣堅定。

男孩配合執行。

於是，阿井英勾起岩俊的臂，令岩俊偷偷心顫；岩秀則挨著阿井豪，露出安靜的目光，無聲，看似一切瞭然。

「趕緊逛逛！」性急的女孩習慣催著自己也催著別人。

「天色正好。」文靜女孩從來就是把眼下當做永恆。

兩對兄妹恢復輕鬆，恢復遊玩的心情，打算抓住極晝日僅剩的時光，瞧瞧四處風光。

「哇！」岩秀第一個跑開，從岩壁牆根跑到牆頭。

岩俊隨即跟上妹妹，但是他心裡明白那是自己一直想念的阿井英，所以跑起來十分帶勁。

「快來！快來！」岩俊喊著後面的兩人。

「喲喔！可以跳崖啦！」阿井豪興奮。

跳崖，是極晝日的獎賞，四個孩子當然不肯棄放。

陽光此刻不熱不燙，海水開始褪涼，不久，極夜就會到來，晝夜越近交接之際，越能感覺到一種緩慢進行的把穩，是由內而外可以把持的淡然，歡喜接受日昇而降，同時享受水土恩惠的時光。

「等等我！」岩秀必須慢點兒，因為她現在是阿井英，不能露出急性子，得乖乖跟在後面。

「當然！」岩俊放開嗓門，打開雙臂。

「別急！」阿井豪習慣押隊，篤定的說：「他一定會等咱們！」

「我知道。」岩秀臉上綻放一朵紅暈，笑答：「我是提醒自個兒的戲包袱！不能玩昏了。」

跳崖，儀式，象徵情感和緣分的締盟。

四個孩子，站在崖頂，遙望不落之日，暗自懷想，想著天地，想著四人情分更勝去年，然而，今年被祕密與責任綁在一塊兒，必須兩相照應。

「到齊！」阿井豪站定，看了左右。

「跳下去立刻游上岸！」岩俊提醒。

阿井英點頭。

「知道了！」岩秀笑得淘氣，伸出手，捏了捏阿井英的手指，感受彼此的震顫與鼓舞。

5. 跳崖

跳崖，本來是遊戲，釋放坑洞日子的悶鬱。後來，男孩競技，女孩也探索身體的能力，培養不輸男孩的勇氣。

「別怕！」岩俊望著扮演岩秀的阿井英，溫柔與關愛堆在臉上。

「我可以的！」岩秀已經打開雙臂。

阿井豪則是背對大海，腳底貼地、挪移，試探表面凹凸，尋找適當位置，似乎打算來個仰翻。

扮演阿井英的岩秀繼續熱身，擺動、伸展，讓關節和肌肉準備俯衝。

四個心神振奮的孩子站在崖頂，本來悠流的風慢慢緊張，也期待著極晝日的高潮與尾聲。

「我先！」岩俊舉手，是準備，也是發令。

哇！

其餘三人屏息，睜大眼睛，看岩俊站在虛無的一瞬間，傾刻之後，撲向海面。

岩秀隨即站定，深呼吸：「我可以的！」

真正的岩秀也凝神，在後面候著，憋著氣。

當阿井英飛縱之際，岩秀雙手交握，是喝采，也是激動，明白阿井英又克服了一分驚恐，全是為了「換人」，用最大的努力把身心融入其中。

岩俊和岩秀先後縱跳，男孩朝左手邊，女孩往右手邊，在空中短暫瞥見彼此，然而，拋落速度有快有慢，因為身體有重有輕。

撲通！

岩俊入水，浮出，搖頭，甩水，打開鼻口，大呼：「過癮！」

撲通！

岩秀沉沒，掙扎，破浪，嗆了一聲，再度下沉，海面下連翻帶滾，雙手划動，終於再次冒出頭來，她清清喉嚨，為自己評分：「沒進步啊！」

聽見懊惱，岩俊立刻安慰：「完成了！很不錯！」

「也對！」岩秀隨即轉換情緒，回復角色性格。

海面之下隱約動盪，岩俊微微一震，放眼遠眺，海面卻是十分平靜。

「大海怪怪的？」岩俊詢問岩秀。

「大海一直怪怪的啊！」岩秀開玩笑，為了掩飾自己犯拙，所以把責任推給水勢。

岩俊搔了搔頭：「好像在生悶氣？」

「我才氣呢！」岩秀嘟著嘴，「笨手笨腳的，悶死自己！」

岩俊呵呵傻笑，再也想不出安慰的話語。

「哪！看他們表演！」岩俊瞄向崖頂。

岩秀跟著仰頭，看見崖上兩個黑點，站在光幕中間。

6. 瘋浪

海面如鼓，水下暫且不管，只要表面平靜。

水上已有兩個浮標，可以略觀海浪大小，以及是縱是橫。

而風，測變，然後應變。若在前面，必須奮力跳躍；若在後面，要讓身體仰傾，抵銷推力。

阿井英的名字此刻套在岩秀身上，嬉玩的心情藏住，表露謐謐如如，只在腿上展現泰然與自信。

「有我跟著！」阿井豪一派兄長，呵護女孩不分異姓。

阿井英點頭，表示感激，眼神其實無懼。

於是，下盤略略降低，阿井英稍稍移了腳掌，左挪、右挪，呼吸稍停，左壓腿、右張臂，再等一秒，準備，下一秒，俯衝。

然而，就在那一瞬，大地搖晃。

阿井豪急忙抱住阿井英，喊道：「立刻離開崖邊！」

「叫他們趕快上岸！」

「岩俊知道！」

「可能有海嘯！」阿井英忘記驚險，一心惦記崖下的同伴。

「咱們得先自保！」

「我想跳下去！也許來得及……」

「不行！不行！」阿井豪斥喝。

又拉又拖，阿井豪想要帶著阿井英離開，必須搶在海水抵達之前，離開懸崖，越快越好、越遠越好。

阿井英焦急哭喊：「不能丟下他們！」

沒辦法！沒辦法！阿井豪心裡萬分糾纏，情感上，不能丟下妹妹阿井英，理智上，更不能讓岩秀也落入險境。

「有岩俊在！他懂水性！」阿井豪必須相信。

「我知道！我知道！」岩秀心焦不已，再也無法使用阿井英的冷靜說話。

「快走！」

「餘震！」

地搖！這一次勁道更大。

趴下，抓緊什麼都好，半攀半爬。

顧不得優雅，阿井豪和岩秀壓低身體，貼近地表，希望巨大的震盪不會將他們拋遠。

空氣爆擦，人聲交雜，驚惶、呼喊、害怕、逃難，極晝日交換物產的盛會潰散，能避則避，能逃則逃。

然而，大海吐津，浪浪滄滄，就要吞沒坑人與洞人。

那是瘋浪，浪人挾著宿怨，報復流散。

流散，居無定所，波津難民，天天望著陸地，想靠岸想瘋了。

瘋了，所以興浪，瘋浪儥興，就是為了踏地生根。

7. 小島人

浪人，是波津之上的難民，乘艦成隊，漂浮大盆洋。

浪做武器，為了登陸，分得一隅半壁，所以被坑人和洞人冠上了惡名。

瘋浪，淹沒坑洞，這是水與土的長期戰爭。

而惡名成了傳說的老哏，沒有體驗便無從恐慌。

「糟了！」岩俊察覺水波湧動，但是遲了：瘋浪襲身！

「大漂浮！」

「好！」岩俊聽從，立即褪衣。

阿井英更早感受水文，已經脫掉布衫，只剩貼身衣褲，四肢張開，仰頭，深呼吸，準備接受浪潮衝撞。

「別怕！」岩俊輕輕碰觸阿井英的手指。

阿井英給了一瞥，又一笑：「放心！我比你想像的勇敢！」

岩俊面露尷尬，竟然一絲慶幸，感謝這翻浪給了機會，讓兩人患難相扶，雖然，水厄可能取人性命。

此際，大漂浮或許可以暫時撐一撐。

岩俊和阿井英都知道不能多想，否則，思緒一重，身體一沉，倖存機會便少掉一分。

然而，能撐多久？誰來救援？

岩俊和阿井英努力伸長頸子，讓耳朵高過水線。

眼前只有高遠的天空，搖晃。

岩俊偶爾轉頭，希望找到目標，釐清海陸相對位置。

阿井英乾脆閉上眼睛，感受海水溫度與流向。

時間來自四面，停頓；卻也向八方漫流，漸漸拉平，拉成一個靜止的圓圈，岩俊的頭在這一邊，阿井英的頭在那一邊，藉著波動，傳遞彼此的生命跡象。

「還活著！」一個陌生的聲音，充滿興奮。

啪！

拋來一條綠藤。

「誰先來？」那聲音詢問，接著說明：「我可是沒有力氣同時拉兩個人喔！」

岩俊沒有動作，當然是要讓阿井英先上岸。

此岸？

彼岸？

除了奧提瑪大陸，何來土地？岩俊心底暗暗提防。

「嘿！唷！」使勁的口號，試圖抵銷海流阻礙。

阿井英虛弱的說：「謝……謝……」

再一丟拋，綠藤落在岩俊腳邊，岩俊抬起頭，划動，轉了方向，抓住綠藤，感覺腳力可以暢通，於是岩俊用上最後的力氣，踢水，好讓搭救的雙手少些折騰。

「呼……」那聲音鬆放，聽似散盡全身骨力。

「感謝……」岩俊也散了心神，只能抬眼，努力看清那聲音的主人。

「好啦！上來！」那聲音卻立即轉身，篤定說道：「這時候，還是進屋比較安全……」

屋裡？

瘋浪猛戾，來時，破壞坑洞，回時，退居虛無，這是岩俊自小就聽說的神話。所以，有土地有泊岸已經夠讓岩俊吃驚，竟然還有屋子？

「我先去打掃一下，你們可以慢慢走上來。」那聲音充滿羞赧。

阿井英試著慢慢挺立，果然發現腳下四周有土有草，而且不搖不晃。

一個綠色小島！

「這些……」岩俊訝異地張望：「黏黏滑滑的……咱們還是在海裡嗎？」

「是地衣！」那聲音好像知道很多事情。

「會抓人……」岩俊感覺腳底有兩股微妙平衡的拉與拒。

小小的屋子，在視線上方，阿井英和岩俊此時清清楚楚瞧見一個小人兒，就站在小門之前，對著兩人打量。

「岩俊。」

「岩秀。」阿井英搶答，決定還是換上岩秀之名。

「所以你們是一家人？」

「沒錯。」一家人一樣反應。

8. 收拾悲傷

阿井豪和岩秀變成一家人。

假裝。

雖然，跳進海裡的岩俊和阿井英下落不明，按照原定計畫，岩秀與阿井英交換身分，為的就是互探內情，幫未來找一條資源共享的途徑，不料，瘋浪打壞四個孩子的盤算，甚至捲走兩人。

岩氏夫，被奪走兩個孩子。

阿井老漢不忍想像，只能緊緊擁著倖存的阿井豪和阿井英。

瘋浪為何作亂？

岩氏夫捶胸大吼：「到底想怎樣？」

扮演阿井英的岩秀低頭噤口，咬著牙關。

「先回去吧。」阿井老漢建議：「召集大家，才能算一算總帳。」

「請……順變。」岩秀低頭，隱痛勸父。

阿井豪也說：「我們一起想辦法，而且，我相信，他們倆會平安的，岩俊泳技

好，耐力又好，所以，一定沒事！」

就怕阿井英……

這是阿井豪沒敢說出的擔心與實情。

「唉……不能再發生……」岩氏夫壓抑哀慟，決意採取行動：「那麼，明天，請來坑洞交界一趟。」

「當然！我會蒐集八洞的意見。」阿井老漢點頭：「必要時，就把人力一齊找上。」

「感謝！」

「再見！」

岩秀看著岩氏夫含悲忍淚，背影在光幕裡更形渙散。

哥哥會平安的……還有阿井英！岩秀心中默默禱唸。

「英！走吧！」阿井豪特意提醒，指了指方向。

「嗯！」岩秀抬起腳步，跟著阿井一家，依約扮演阿井英，為了更長遠的前景。

於是，岩氏夫和阿井老漢各自踏上歸途，打算集結眾人的力量。

撲浪！

岩氏夫和阿井老漢都明白，這一代得為下一代抗潮。

水來犯土，豈可坐視，甚至棄弓捨箭！

畢竟，退守坑洞，再無別處定居。

9. 議廊

奧提瑪大陸，坑坑洞洞，都住著人。

坑人占山，洞人盤據平野，各有擅長。坑，橫向，坑人的工具簡單，鑿鑿穿穿，多取天成，譬如鹽，敲敲打打，不必甕不必存，但是能省則省。而洞人，技術高明，鑽軟鑽硬，尋覓縫隙，接引地下水線。坑人，住在山裡，依靠鹽石與山羊，食肉。而洞人，深居地下，層層疊疊，水耕綠意，以蔬果為餐。

所以，坑人和洞人按時交換物產，支持彼此的生存。

所以，浪人是覬覦這些食糧？

「當然！」山陂長斷定。

「可是，鹽石沒缺半個角兒？」

「海水淹了幾個坑。」

「難不成浪人想要搶坑？」

「更可惡的是，捲走我的孩子！」岩氏夫滿面脹紅。

坑人聚集在議廊，商討如何聲討浪人。

「一坑一人？」

「最好能浮能潛？」

「所以要擱下營生？」

山陂長點頭，說道：「倒也未必，更重要的是，對策！俗話說，知己知彼，若不探探浪人的底，恐怕很難反制。」

「咱們一直窩在坑裡，如何打探？難不成……」岩氏夫停頓，直瞧著山陂長，忽然頓悟：「難不成咱們已經有人？混進浪人？」

喔？

是嗎？

議廊瞬間爆滿困惑。

「算是吧……」山陂長微微點了點頭，瞇起眼睛，似乎還想藏些機變。

「既然如此，為什麼不能預先警告海嘯？」岩氏夫大聲咆哮。

沒錯！

甚至棄坑？

為什麼還要犧牲更多人？

議廊迴盪著責難與疑問。

坑人不解：怎麼裡裡外外都是困境？

10. 洞天

洞人的狀況，也是不相上下。

忐忑是共同的景況，上八洞顧忌風，下八洞掛念水，風水是洞人的樊籠，人身雖然安居洞中，一顆心猶如懸在無底洞。因此，說起瘋人，「撲浪」是歷來的主張，關於時間點，卻有異見。

「我的研究正值突破口……」

「瓜果等著採收……」

「不能等！蔬菜怕要變黃了……」

「那麼，到底能不能一洞一人？」阿井老漢直接切入重點：「或者，吾等袖手旁觀？」

這麼一問，大會廳瞬間降溫。

「咱們自有洞天……」上八洞的代表說。

是的，自保為先。扮演阿井英的岩秀早已熟悉這樣的反應，坑人亦然，窩在彎彎曲曲的坑道裡，以黑暗計算日子的重量。

「沒人遭殃……」下八洞的代表跟著發言。

錯！阿井豪在心裡吶喊：我的妹妹下落不明！

然而，仗著銅牆鐵壁，全部全體傾向緩兵。

緩什麼緩！

阿井一家的老少橫起眉，豎起眼睛。

不過，洞人個個視而不見，洞天之下沒有一雙著急的唇槍。

「就這麼決定……」廳長即將給出結論。

「不行！這樣太無情！起碼該給坑人……一些精神支援！」阿井老漢從疾呼到失望，不敢想像岩氏夫將會如何唾棄這樣的冷漠與背叛。

難道洞人不是和坑人站在一邊？

這土地，難道不是兩族共有？

難道兩族不該一起死生，一起捍禦浪人？

11. 沒有計畫的救援

洞天之天，採自然光，是圓拱，是洞人唯一露出地表的建築，圓頂之下有大會廳，兩側蜿蜒的洞橋連接上八洞與下八洞。

跟著父親，阿井英第一次進入大會廳。

扮演阿井英的岩秀因此睜大眼睛。

換人計畫的目的就是這樣，身歷其境，站上對方立場。

然而，洞人所在，有鐵壁銅牆，滴水難滲，無法感受瘋浪的威脅，無法感受坑人的急難。

上八洞與下八洞的代表漸漸離開，大會廳更顯明亮。

「回去吧。」阿井老漢垂頭喪氣，面上仍然殘留怒慍。

阿井豪抱住父親質問：「就這樣？這樣可以嗎？救人要趕快啊？」

「當然……」阿井老漢拍拍兒子的肩膀。

「我去！」

我也去……阿井英抬起臉，睜大眼睛，給了同樣的打算。

「不行！」阿井老漢斷然否定：「你們留守，我去！」

原來，父親早有腹案，阿井豪心神一振。

「唉，怕事也許是咱們洞人的習性，」阿井老漢覺得無奈，「但是，我不會撒手不管。」

「嗯！一定要救出……我的……」阿井豪越說越激昂，突然盯著阿井英：「我們的朋友……」

阿井英點點頭，理解其中能說的，以及不能坦白的曲裡與拐彎。

「一定！」阿井老漢摟緊兩個孩子，其實沒有勝算。

「計畫呢？」

「沒有！」阿井老漢也不隱瞞，「總之，全力支援岩氏夫的行動。」

「和他們一起組成搜救隊嗎？幾個人？」

阿井老漢黯然承認：「唉！咱們只懂迴避，無章無法，怎麼相抗！」

多少人才夠？

裝備呢？

蟄居的坑人和洞人如何長久曝曬在日光之下，甚至是海域？

誰能使船？

扮演阿井英的岩秀心中有好多疑問。

12. 借風水

扮演岩秀的阿井英已經拋出許多疑問，譬如：住在海上，不是浪人？是什麼人？住在海上，不是船？難道是房？

「錯！」小島人一臉慨憤。

傳說中，借風借水，唯有浪人。

錯！小島人睨了一下。

親眼所見，能使船的，也唯有浪人。

錯！小島人瞅了一下。

岩俊和岩秀跟在後面，裡裡外外都是陌生，所以，每句話都是問題，每次提問都惹得小島人瞪目橫眉，不給答案。

然而，小島人終究是主人，禮數未減。

食物上桌，小島人指著椅子，傳杯送盤，要先

請客人暖暖身。

「謝謝！」岩俊和岩秀一齊出聲，充滿驚訝的看著桌上。

餅乾！

「哪來的……這些東西……」岩秀不敢置信，前一刻不是還在海中，恍若沒命？

岩俊忽然想起什麼似的，囫圇說了一句：「你是消失的海奴！」

消失？

「我現在不是好好站在這兒？」小島人口中怒氣依然如噴：「果然你們的腦袋也是一個坑一個洞！」

坑？洞？

這個小島人講話何止犀利，簡直把人看進毛孔！

「所以，你真的是海奴？」岩俊追問。

「喂！被撈到的客人，講話這麼不客氣！」

「失禮！」岩秀立刻起身低頭拱手。

小島人見狀，窘得臉頰滾紅，身體頓成透明。

水母！

「所以你到底是人還是神？」岩俊又問：「還是……」

岩秀也頓生警覺，左顧右盼，把屋子上上下下打量一番。
一樣，有生活的大小物件。
卻也不一樣，有門有窗！
因為，對於坑人與洞人來說，封閉，才能保證安全。
屋子是異相，可能招致危險。

13. 小宇宙三七二四一

有門有窗，有什麼稀奇！

小宇宙是島，島是小宇宙，同時存在與消失，被定位在這裡與那裡，因此，小宇宙的門窗是通道，通向任何一處，可以隨時來去。

總之，小宇宙本身就是無法偵測到的臨界點。

關於這一點，小島人視為祕密。

總之，這兩個撈到的客人，見識沒門也沒窗！

哈！小島人為此笑得開心，身體漸漸恢復立體，他拉了拉衣服，指著自己鼻頭說道：「我叫『淼淼』，這裡是宇宙島編號三七二四一，簡稱『扶落町』！」

扶落町？

小宇宙？

淼淼？

到底是什麼地方？什麼「人」？

岩俊和岩秀吞了一肚子疑問，卻無從搜尋，只好慢慢把餅乾吃完。

「請問，」岩俊再把問題撿回來：「你到底是人還是神？」

「這不重要吧？」小島人淼淼堆起笑臉，「倒是你們？是坑人還是洞人？」

你是坑人？

妳是洞人？

小島人淼淼轉動眼珠，邊猜邊問。

「我們是兄妹，所以我們都是坑人。」岩秀回答。

轉頭對著岩俊，小島人淼淼等待確認。

岩俊點頭：「岩氏兄妹。」

小島人淼淼歪頭，指著兩個客人：「你們不像啊？」

岩秀搶著說：「誰規定兄妹一定要長得很像呢？」

也是喔……小島人淼淼一想，覺得不好意思，身體因此漸漸透明。

「原來如此！一害羞就會變成水母啊？」岩秀目光發亮。

這麼一說，小島人淼淼越發單薄，幾乎就要隱形。

「不要不見啊！」岩俊大喊：「你得幫幫忙！」

14. 請求

幫什麼忙？

岩秀也想問岩俊，這小島人能幫什麼忙？但是，不好當著主人的面。

「好啊！好啊！」小島人淼淼倒是樂得拍掌，軀體再度聚形。

「我們必須回家。」

「家？」小島人淼淼搔搔頭：「嗯……十分為難。」

為什麼？岩秀瞪起眼睛。

「現在只能跟著潮流，逆流會害我們的『扶落町』崩毀。」小島人淼淼雙手抱胸，看來沒得商量。

就算哀求，也不管！

哼！小島人別過頭，把心一橫。

岩秀心知肚明，這是強求，卻不能解惱，繼續悶著、板著臉。

「既然這樣，」岩俊換個方式來講：「把我們送到最近的地方。」

「這倒是比較容易……」小島人淼淼堆起笑臉又垮下臉，顯露擔心：「可是，你們真的想去那裡？」

「總比困在這裡好吧……」

「困？」

「是啊，這小島看起來比咱們的坑還要貧瘠……」

「貧瘠？」

什麼評語！

小島人淼淼雙手插腰，面皮抽動。

這兩個撈到的客人真是無禮！

哼！小島人淼淼氣咻咻，下了決定：「請你們出去！」

「對不起！」岩秀立刻折腰，用著嚴肅的語氣：「是我們太心急，因為我們必須去做一件非常重要的事情……」

事情？重要的？

什麼重要的事情？小島人淼淼的耳朵揪住重點，而且被挑起好奇心。

15. 捉月灣

重要的是，即刻啟程。

在議廊，坑人被激發舊怨與新仇，岩氏夫聽出山陂長話裡的盤算。

對於宿敵，撲浪計畫要分兩路進行。

暗的，已經藏在時間裡，不露風聲的，藏在浪人之艦。

「明的！」山坡長在議廊上給了結論：「我們派出議和船！」

「不能一坑一人？不能立刻救人？」岩氏夫心急意亂。

「為了大局，為了長遠。」

「可是，我的兩個孩子命浮潮間……」

「總之，不可貿然宣戰，不該有更多傷亡。」山陂長堅持一貫的溫吞。

於是，議和團一案獲得坑人共識，預定三日後出航。然而，岩氏夫此際嚥不下焦慮與恐慌，無法撇下兩個孩子的存亡。

幸好洞人伸出援手，遺憾的是，僅僅一雙。

阿井老漢依約等在捉月灣口，帶了果糧。

「抱歉……無法募集一洞一人……」阿井老漢說明眾議難擋。

岩氏夫嘆息：「一坑一人也被推翻……」

於是，僅僅一坑加一洞，兩個父親，勢孤力單。

這便是奧提瑪大陸的景況，裡裡外外皆炎涼。

阿井老漢與岩氏夫並肩而站，內心沉重。眼前最遠處已然是枯木墳場，水線下降，海水漸漸退遠，捉月灣擋不住潮汐，殘敗的槁骨一副副傾斜，露出樹根，卻仍然出著力抓著沙土，不願橫躺。

「記載中的攀樹捉月，是怎樣一幅景象啊……」阿井老漢仰頭。

「樹，如何枝葉萬千？」岩氏夫一樣感到茫然，想挖掘歷史，想問問彼蒼。

然而，資料稀少，刻畫在坑道壁面的線條如同枯木一般，沒有顏色，沒有生態。一代又一代，既未耳聞也非親見，環顧世界，不是坑就是洞，黃塵飛揚。

16. 私船

樹已死。

森林無從想像。

為了延續人類命根，坑人挖坑，洞人鑿洞，各行其道，照應自家人就顧不了別人。

「原來連我們的記憶也是坑坑洞洞……」岩氏夫不禁感傷。

「走吧！」阿井老漢提醒：「此刻，救孩子要緊。」

岩氏夫深深鞠躬，只用一字表達衷腸：「謝！」

吸口氣，岩氏夫心神提振，隨即走入捉月灣。

岩氏夫往水裡東捉西撈，那樣子，是捉月嗎？阿井老漢看得出神，漸漸生出一絲安慰，不再喟嘆。或許，遠離的潮水裡確實曾經藏有月亮，而這動作，來日應該養成技藝，不時表演，用來想念過往。

「瞧！這就是月亮！」岩氏夫用力拖拉，水中露出一個圓，塌伏的圓。

阿井老漢與友伴湊近審視。

岩氏夫翻開圓面，眼睛一亮：「來！剝掉泥沙，這便是咱們的船！」

船？

「這是岩氏祖宗的私船！」岩氏夫靠近阿井老漢耳邊說道。

明明身邊沒人，岩氏夫卻壓著聲音。

眼見阿井老漢並無反應，岩氏夫於是補充：「據說是私下跟浪人做買賣！」

「也就是說，像你我這樣？」阿井老漢打個比方。

「買賣，不是交換。」

「有貨有幣啊……」

「有餘……」

也就是說，那是一個物產尚稱豐饒的時代，除了自足，還能對外銷售，掙取利潤。不似當前，食物勉強餬口，不僅需要斟酌每日消耗，還得計較時歲總額，備荒，備戰，以免被搶。

「這麼說來，咱們也曾經擁有打漁的能力。」阿井老漢推理。

岩氏夫點頭：「的確……我問過岩氏耆老，其中有個老人還保留著漁具，用繩網做吊床，睡在裡頭，回憶風潮的力量。」

「問題是……如今這私船堪用嗎？」阿井老漢擔心眼前。

而且，阿井老漢不會使船……

岩氏夫呢？

17. 扶落町之丘

怎麼使船？

一望無際，只見小島，還有一個小島人。

岩俊和阿井英被小島人淼淼趕出屋子，憂著故土，愁著前程，猶豫著交換計畫是否繼續執行，慚惶著兩個落水之客竟然惹了古怪主人。

「現在要入門問諱……因為我們需要幫忙。」阿井英語氣平緩。

雖非問責，但是岩俊聽出其中的抱怨。

岩俊默默，低頭，踢著腳，跺著、走著。

到處都是草藤。

正如岩俊心緒蓬亂。

兩人漸漸遠離小島人淼淼的屋子，即使不轉身，都能知道周遭除了大海仍是汪洋。

「有路！」阿井英伸手指向上方。

懊惱的岩俊聞聲抬眼，果然發現：「斜坡……上去瞧瞧！」

於是，阿井英走在前面，岩俊緊跟，走上坡，微微吃力，但不耗神，相反的，這一路景致恬謐，是一片出人意外的風光。

「樹！」阿井英驚叫。

比阿井英才高一個頭的樹！

一棵又一棵，環抱小島，也像引路一般，慢慢爬坡，然後抵達一座大宅，同樣爬滿綠藤。

「花！」阿井英再次驚叫。

大宅前面有一座小花園。

阿井英十分興奮，跑上前，蹲下，捧香，猛吸，然後前前後後繞著花朵，嗅個不停。一叢又一叢，顏色繽紛，岩俊雖不激動，卻能理解阿井英的情緒，因為，坑坑洞洞裡沒有這些生命。

瞧著阿井英的起勁模樣，襯上大宅與小花園，真是一幅美麗景象啊，岩俊瞧著、瞧著，有那麼一霎時，忘記處境，也跟著笑出開心。

阿井英埋頭，為了花朵忘情，幾乎忘了旁人，嗅夠了，才抖著聲音推問：「這裡怎麼能夠種樹？是誰種了這些花？」

搖頭，岩俊只能搖頭。

「問我囉！」

這話，是小島人說的？

18. 拯救世界的餅乾

請進。

怎麼小島人淼淼在此出現？方才明明趕了人？

岩俊和阿井英被請進大宅，兩人環顧宅內，陳設簡單，一如小島人淼淼的小屋，有桌有椅，有門有窗，而且多了好多門好多窗。

「請坐！」

「謝謝！」

一張樸實的石桌，兩把石椅動也不動的分據一方，岩俊和阿井英各自入座，隨即溜動眼珠，一人觀察一邊，也為彼此守望。

小島人又奉上一碟餅乾。

阿井英這才注意到餅乾的香味，因此提問：「這是花餅乾嗎？」

小島人搖搖頭，笑答：「這是神奇的餅乾！這是拯救世界的餅乾！」

拯救世界？

世界不是早已滅亡？

岩俊默無一言，但是心裡塞滿大疑問。

「哎呀，這是海藻做成的餅乾啦！」小島人解釋：「我叫森森。」

森森？

長得跟淼淼一模一樣！

這一回，岩俊不再急著發言，他轉頭看著阿井英。

「我們剛才碰到淼淼，也吃了餅乾。」阿井英實話實說，語氣並不特別強調什麼。

岩俊跟著點頭，暗自佩服阿井英，竟然可以迅速平復滿腔興奮。

「吃餅乾，吃餅乾，人吃餅乾，樹吃餅乾，花兒也吃餅乾，就怕引發餅乾戰爭。」小島人森森邊說邊笑，笑著笑著，身體漸漸透明。

透明！

這……也跟小島人淼淼一模一樣！

餅乾戰爭？

吃魚吃肉吃果吃菜，誰吃餅乾？

阿井英抿嘴一笑，思緒分兩頭，眼睛也分兩頭，她瞧著兩個透明人：一個氣呼呼、一個笑嘻嘻，一樣認真，而且願意助人。

「原來這兒是餅乾島啊……」阿井英配合主人，用著輕鬆的口吻。

「也可以這麼說……總之，我負責做餅乾！」小島人森森開心的站在阿井英身邊說道：「至於淼淼嘛，他負責捕藻、養藻。」

又說宇宙又說世界的，就是生產餅乾的一座小島罷了！岩俊在心裡嘟噥。

「因為宇宙只剩大海，所以才說是『拯救世界的餅乾』！」小島人森森在岩俊身後出聲，笑嘻嘻的，身體透明。

小島人什麼時候跑到後面？

而且還聽見我的嘟噥？

難道？他能穿越？穿越物體與人體？

岩俊不禁摸了摸周身，確定自己沒有破洞。

19. 跟著潮流

「總之，全世界……這個沒了那個也沒了！」小島人森森現形，在桌前指著兩人：「拯救世界，得靠我們的餅乾，拯救世界，唯有小島人！」

森森！小島人一手指著自己，另一手指向對面桌邊一處空無。

淼淼！

小島人淼淼的身形漸漸具體，但是，緩緩的，看似還帶著一絲絲怒氣。

「淼淼，很高興再見到你。」阿井英立刻放下餅乾，起身致意。

岩俊也跟著行禮，希望彌補先前的魯莽。

小島人淼淼面無表情，對著森森問道：「還要多久？」

岩俊與阿井英毫無頭緒。

小島人森森也沒立即明說，只是回答：「別急，別急。」

「總之，儘快把這兩個人趕下去！」

看來小島人淼淼仍在氣頭上。

阿井英臉頰掠過一片紅暈，卻用著鎮定的口吻：「感謝淼淼好意，趕我們出來其實是讓我們找到這裡，這裡有花有樹，真是美極了！」

小島人淼淼瞬間透明。

甜言蜜語，有用！

真心誠意，也有用！

岩俊心服口服，服了阿井英，一點一滴，不露聲色的使力，挽救糟糕的情勢，甚至試著爭取友誼，多拉兩個同伴。

不過，阿井英說的全是事實，奧提瑪大陸只見坑坑洞洞，灌木與青草供養山羊，樹木和花朵幾乎絕跡了。然而，這一座綠色小島，這一座小島人口中的「小宇宙」或者「扶落町」，因為淼淼和森森，竟如幻境，花木有氣、有神，姿態與色彩一樣繽紛。

落水，竟是升天！岩俊完全贊同阿井英的感言。

「跟著潮流，應該很快就會碰上浪人，到時候……」小島人森森話鋒突然一轉。

兩個小島人相視一笑。

阿井英發現其中一絲詭異，直接質疑並且破謎：「你們和浪人是一夥的嗎？」

兩個小島人同時隱形！

這是什麼情形？

淼淼隱形是因為害羞、因為生氣，森森隱形是因為開心、因為歡喜，那麼，針對問題，小島人與浪人有何干係？是友是敵？

岩俊擔慮，阿井英倒是放下更多疑心。

「總之，我們必須與浪人往來。」小島人淼淼現形。

小島人森森也恢復開心，說道：「別忘了，我們有『拯救世界的餅乾』，就連你們兩個也得好好跟咱們相處才行喔！」

阿井英懂了。

點點頭，岩俊也表示同意，暫時不與現狀抗逆。

20. 放洋

潮流，可順可逆。

岩氏夫與阿井老漢當然明白這個道理。

然而，撲浪抗潮，必先順應潮流，找到破綻，同時不被陷溺。

即使議和可談，岩氏夫不容尋人行動稍緩；即便勢單力孤，阿井老漢不負朋友交情。於是，岩氏夫找出祖宗預留的小船，打算迎擊浪人。

奈何眼前撈起的月亮尸體，塌塌扁扁。

「借阿井兄口氣一用？」

「口氣？」

岩氏夫拉開船體，自己抓著這一端的吹氣口，將另一端遞給阿井老漢。

吹氣。

呼……呼……

有希望鼓起。

還有看得見與看不見的阻力。

「咱們這……『撈月船』如何追趕？」阿井老漢雖不樂觀，但是只針對行動籌算。

「撈月船？」岩氏夫感覺文字的魔力。

「是啊，方才見岩兄往水裡摩摩挲挲，私下便給這小船取了名字。」

「不錯，浪漫，就是有些感傷……」

阿井老漢趕緊轉移情緒，敲了敲嘴邊的船體。

叩！叩！

沒有背景資料的聲音。

沒有冶煉之痕。

「岩氏長老告訴我，在久遠的科技時代，採用奈米材料，所以這艘船既不會進水也不會翻覆。」

「甚至可以藏在水裡？」

「是的，只要放氣，捏一捏，就跟……『月亮』一般大而已，哈哈……」

「所以我說『撈月』真是說對了！」

岩氏夫與阿井老漢抹了抹嘴唇，充氣完畢，撈月船果然浮在水上，如同圓月，襯著水光閃閃發亮。

「登船。」岩氏夫搬了行囊。

阿井老漢掂了掂自己攜來的果糧，喃喃自語：「不知道這些夠不夠？」

夠不夠放洋？

夠不夠返航？

21. 追浪

肉乾與水果。

兩人份，能夠吃上幾天？

岩氏夫鎮定的說：「也許有去無返。」

「應該早早出海……」阿井老漢望向遠方，穿越空間，以及時間。

更早、更早，如果……也許孩子們就不會遇此劫難！

晚了、晚了，此刻只能搶渡，彌補大人的怠倦。

捉月灣沒有任何動靜，遠方，即將傾倒的枯木似乎不再巴望誰與同在，畢竟，坑人與洞人一向暗中競爭，既不服水，也不伏天災，而此際，加上人禍，更加難捱。

於是，宿恨全推給浪人承載。

「無論如何，必須會一會浪人，知彼才能研判自己的能力。」

「那麼，三天後出發的議和團呢？想談什麼？」阿井老漢問道。

「山陂長似有隱瞞……」岩氏夫只好猜測：「只希望對立不要更深……」

阿井老漢自然明白其中意涵。

浪人，惡名。

因此，相較於洞人的退避，坑人的議和總算是破立之舉。

「上船吧……」岩氏夫又往水裡一探，從船底拖起兩條繫繩，解開，把其中一條遞給同伴。

「這是……」

「槳。」

岩氏夫示範，雙手各執一端，舉臂張開，使勁將繩子拉直，繩子瞬間變得堅硬。

果然是槳！

阿井老漢打槳划水，的確感覺到兩股力量，一是水的阻擋，一是槳的潑悍。

於是，撈月船漸漸前進，抵達捉月灣口。

「原來，這便是『捉月灣』，以前的景致一定更加迷人。」阿井老漢首次從海上回頭遙望土地。

「美麗……」岩氏夫指著灣口背光的黑影，「難怪孩子們總在那兒玩……」

「是啊，還不准我們跟……」

「我相信孩子們可以逃過捲浪。」

「祈盼，並且相信。」

岩氏夫與阿井老漢合力使勁，出了捉月灣，進入大盆洋，靜止的水瞬間開始流動，撈月船借力，竟如飛行。

奧提瑪大陸漸遠，大盆洋漸寬，撈月船變成星點。

「瞧，潮流就在前方！」岩氏夫指著海面上的黑暗。

「船身在晃？」

「果然，這船能夠追浪！」

「追浪？」

岩氏夫點點頭：「據說，只要浮海，船身便會鎖定潮流方向，不用動力也能航行！」

阿井老漢驚喜的問：「所以藏來救難？」

22. 祕密

宇宙島編號三七二四一當然不是用來救難。

小島人淼淼哼了一聲：「你們連『扶落町』都不知道也敢跳崖？」

「我們跳崖是鬧著玩。」岩俊坦言。

阿井英則是小聲的講：「我得練膽……」

兩個落水客人，被盯得滿腹委曲，說了等於白說，沒有相關資料可以申辯。

小島人淼淼哼了一聲。

小島人森森倒是非常和善，提出一個建議：「還有時間，不如我來帶兩位逛逛，順便講講你們的『命運』？」

「千萬不能說出我們的祕密！」小島人淼淼大聲提醒。

命運？

祕密？

岩俊與阿井英胸口微微一顫，第一次感受到未知的恐懼，這恐懼，勝過漂流時的無依無助，勝過滅頂。然而，祕密十分迷人，況且花樹盎然，這地方，必有包藏。

小島人森森一手背在身後，一手攤開，是邀請，也是指示方向。

於是，岩俊和阿井英放下餅乾，緩緩站起，順從主人之意，也想找個機會交談。

兩人一離座，小島人森森便靠近石桌，雙手一握一扭，使力轉動石桌，一圈，屋內瞬間放亮，本來關閉的門窗，一一開啟。

一邊管來管去，一邊瓶瓶罐罐。

香！

「是的，歡迎參觀我們的餅乾工場！」小島人森森顯得驕傲、開心。

「不行！」小島人淼淼制止：「那是祕密！」

「分享！分享！就是要讓他們學會，回去教教坑人，」小島人森森說到一半，忽然停頓，對著阿井英說道：「還有洞人！」

洞人？

阿井英一愣，這個小島人知道她的身分？

岩俊也怔住，彷彿被撞了腦門。

「當然……」阿井英想了一下，不慌不忙的接續亮話：「等我們回去，先教會坑人，然後教……洞人。」

岩俊收到暗示，再強調一遍：「當然！我們一向對洞人友善！」

「對！對！這樣拯救世界才有意義！」小島人森森似乎早早打定主意，也或者說，這是故意安排的。

然而，誰的布局？

就連衝動的淼淼也收回抗議？

「好……好吧……」小島人淼淼不再堅持。

森森點頭讚許，鄭重說明：「而且，你們應該感謝淼淼！這是他的發明，不過，名字可是我取的呢！」

拯救世界的餅乾！

兩個小島人一起隱形！

岩俊和阿井英看著兩個透明的小島人，然後對望，落水至此，幸或不幸，尚且不明。

23. 番茄洞

接近未知，才能逆轉未知。

所以，換人計畫繼續執行，即便岩俊和阿井英落水，阿井豪與岩秀仍然打起精神，就是要分享生存之技，特別是園藝。

洞，如塚，突出地面；也如大碟，感光以採光，轉為動能。

阿井家位在下八洞，距離洞天最遠，訊息遲滯，也或者是被故意排斥。不過，阿井當家的不以為意，樂得自營生理。

地面入口有井字標誌，井字中間一顆番茄，除了識別，也代表研究主題：大大小小、形形色色的番茄，除了食用，對人類還有哪些效益？

「洞裡是上上下下。」阿井豪首先提醒。

岩秀點點頭，準備身心，除了要扮演阿井英，還要適應環境。

洞口是兩支梯，一支吃電，一支吃腳力，不論直接或曲折，都是通向阿井家。

吃電的梯，需要密碼。

阿井豪按壓面板，跟著指頭順序唸出：「一五九九五一。」

電梯開門、關門。

「斜角上下往返？」岩秀問道。

「聰明！」

「一直固定？」

「當然不是！」阿井豪面露微笑，「說換就換，父親決定。」

想起父親阿井老漢隻身支援岩氏夫，阿井豪面露沉重，什麼都不能做，岩秀同感無奈，原定的換人計畫此時反而能夠安撫焦灼，阿井豪與岩秀因此有事可忙，而且，這事、這忙要加倍，把岩俊和阿井英的力氣一起用上，尤其得把岩俊和阿井英的份兒一起完成。

「先帶妳去……」阿井豪立即修正：「回妳的房間。」

「好。」岩秀嘴角微揚，明白阿井豪的細心。

岩秀感覺腳下有一股拉力與拱力消抵，因此腹胃微微動盪。

電梯下降。

多深？

岩秀無法揣度，坑人在意橫向深度，而洞人的深度，是縱向。

「總之，食衣住行都在其中。」阿井豪適時解釋，但是說得籠統。

電梯暫停。

岩秀問道：「似乎才下幾層？。」

「的確！電機、醫療、與食物都在上層，往下才是居住空間。」

步出電梯，迎面寬敞。

「完全出乎想像！」岩秀睜大眼睛，一臉驚訝。

「我的房間在對面。」阿井豪微笑，指著身後不遠處的門扉，「父親在下一層。」

岩秀點點頭，迅速掃視一番。

地下的洞果然如柱，層層疊疊的圓，以梯子為中心，繞圈便是動線。

跟隨阿井豪，岩秀進入一個房間，是公主的房間，白色蕾絲滾在窗邊、床邊以及腳邊。

噗哧一笑，岩秀彆扭的講：「太整齊、太明亮、太不像……」

24. 拆穿身分

太不像阿井英！

岩秀戰戰兢兢的試坐在床沿：「太舒適……」

啊……

哈！

阿井豪瞧著，跟著沾染喜悅，卻忽然拍了門邊一掌：「母親！您在哪兒？我們馬上過去……」

母親？

我們？

岩秀忽然驚醒，立刻跑到鏡前一照，端正自己的容裝，她回頭問道：「像不像？有沒有破綻？」

「嗯……」阿井豪專心打量，並且思考。

岩秀轉了一圈，有些緊張，盤算「換人計畫」之時，一切都是理論，真正進入實境，不免還是有些擔心。

「像……不像……」阿井豪不鬧擰了，攤開來講：「母親知道的……所以妳不用裝。」

母親知道？岩秀惦念角色，稱謂還掛在嘴邊。

這怎麼成？

阿井豪鄭重確認：「真的！母親從一開始就贊成，也就是說，我們的『換人計畫』，她也有份兒。」

真的？假的？

總之，父親不在，一切就好辦！

「太好了……」岩秀鬆了一口氣，整個人後仰，癱在軟床。

「我們還是得去面見母親，除了身分，其他事情，一件一件都不能放鬆……」

「當然……」岩秀的臉頰飛紅，趕緊翻坐起身，拉整服裝，整備心思，站在阿井豪面前。

阿井豪點點頭，又朝門邊輕拍了一掌：「母親！您在溫室嗎？」

「對！」門邊方框裡出現一張臉。

「馬上過去！」

阿井豪面露開心，領著岩秀再次搭乘電梯。

向下。

幾層？

25. 侍慕海

電機、醫療、食物儲藏。

第四層，小孩房和圖書室。

大人房，以及監控中心。

實驗室。

溫室，亦即承續實驗室研發的水耕農場。

小泳池與水庫在最底層，此處有兩倍高度，上上下下的管線，供水與蓄水，也讓水流循環與沉澱，小泳池則是用來鍛鍊體能。

阿井豪一一介紹，岩秀專心傾聽，內心澎湃，期待一一親眼見識，更企盼能夠從中學習，特別是水耕技術，緩解坑人的糧食困境。

「到了！」阿井豪提醒。

「好亮！」岩秀猛遮眼睛，因為光線對比太強。

跨出電梯，阿井豪猛拉岩秀一把，示意在原地稍等。

等，等眼睛適應。

等，也等著心緒調整。

岩秀慢慢放開手掌，睜開瞇眼，面前一片光明。

「因為模擬日光！」阿井豪解釋。

「啊，好久不見的翠綠和活力……」

密碼。

一五九九五一。

看著阿井豪的手指順序，岩秀在心中默唸銘記，看來密碼共用一組，只是不定期更替。

「母親！」阿井豪招呼。

一個婦人優雅轉身，送上歡迎，張臂，但是一手拔根、一手抓葉，不能擁抱，這情景，讓阿井豪悵悵止步，皺起眉尖。

「這是岩秀！」阿井豪只好介紹客人。

「嗯……」

「我是侍慕海！」

「侍慕……海？」岩秀一驚，直覺便問：「浪人？」

阿井豪搶著回答：「沒錯！母親來自海上。」

被稱做母親的侍慕海笑意盈盈，輕鬆的說明：「吾乃思慕大海之人！」

26. 美麗的眼睛

除了伏侍大海，小島人也拜投於餅乾。

「因為我們靠餅乾活命！」小島人森森準備暢談。

小島人淼淼卻急忙制止：「那是我的心血，你簡單說一說就好了，反正他們也聽不懂！」

岩俊低哼一聲。

阿井英倒是挺起胸膛，半試探半激將：「如果有人願意教，相信我們也能學個一招半式！」

「什麼一招半式！這可是不得了的技術，需要時間和熱情，瞧你們扒頭探腦的，肯定要把我的研究偷去賣人！」小島人淼淼惱了、怒了，劈哩啪啦吐了一串甘苦之談。

「怎麼可能！」阿井英昂首反駁：「我們家的水耕技術絕對在你之上！」

哈！有趣的拌嘴！

哈！果然說溜了嘴！

小島人森森瞧得開心，變成透明。

小島人淼淼懋氣成羞，也變成透明。

這是什麼情形？

阿井英爆出笑聲，但是沒有對象，只好原地轉圈。

半晌，氣氛凝然。

時空也彷彿靜止，小島似乎不是航行海上，而是飄浮空中。

「嗯……認真想想，『拯救世界的餅乾』的確比較厲害，畢竟，你們種得了綠樹也養得出花香！」阿井英打破安靜，認了魯莽。

是的，阿井家的水耕只能供養一個洞，也許再加半個坑。

岩俊明白阿井英的洩氣。

「我們需要新技術！」阿井英承認。

「好吧……」岩俊放下腰身：「拜託……教教我們！」

於是，兩個小島人慢慢現形，餅乾工場似乎也跟著愈加明朗。

管過來管過去的，是營養液；瓶瓶罐罐裡，一隻隻溜溜轉的，都是眼睛。

晶瑩的綠色，在水中，不像蔬果有果有皮那樣豐腴。

游動的生氣，在水中，不像蔬果枝葉那樣伸展。

「跟水耕有點像……」阿井英想用既有的知識幫助理解。

「沒有鏽臭，就是新鮮！」岩俊吸了又吸，憶起坑裡的陳舊，也似乎在為心力漸失的身體打氣。

「湊上去瞧瞧，但是別摸！」

「也別呼氣！」小島人淼淼補了一句。

阿井英和岩俊早已慢慢移步，想要看個仔細。

於是，四隻眼睛找眼睛。

裡面的眼睛生出眼睛，外面的四隻眼睛以為自己沒長眼睛。

「好漂亮啊！每一隻都不一樣！」阿井英看得入神。

「它們跟餅乾有什麼關係？」岩俊切入重點。

「它們就是餅乾啊！」

「救人救世界的就是牠們！」

又來了！

拯救世界？

「這些古老又現代的眼睛啊，睜睜瞧著世界，人來人往，樹倒鳥散，草荒徑蔓，古老又現代的眼睛啊，一直問一直問……」小島人森森如同為誰代言。

小島人淼淼跟著感嘆，開口喃喃唸起：「這是誰的世界？」

26. 美麗的眼睛

這是誰的世界
糞金龜推呀
不怕天黑
跟著星光就能把路找對
推呀
圓球一堆
讓一顆顆的卵裹著希望乖乖睡
日出日落
陪著山林靜靜等待春回
誰把世界揹在空中飛
是老鷹還是麻雀
鯨魚游啊
想要游到天邊
找龍比腿
看看誰能用前腳踩住北極
後腳兜來
小小企鵝正在學著潛水

發現海底也有雲堆
誰將世界傾斜
倒進詩人的酒杯
聽說故事裡的世界最大
仙子卻將宇宙藏入花蕊
蝴蝶喜歡把地圖畫在翅膀上
鴨子的世界只有水
小孩的世界是一個問號嗎
誰想永遠留在六歲
總之，詩人不睏
一直一直
用舌頭蘸著墨水

27. 這是誰的世界？

糞金龜、老鷹、企鵝、鴨子。
詩人、仙子、蝴蝶、小孩。
花蕊、墨水。
小島人淼淼一唸完，又躲進透明的世界。
因為，阿井英拍拍手，眼眶充滿淚水，低聲問著：「這是……誰的世界？」
詩歌裡描繪的，是誰的世界？
誰的世界還有山林？還有花蕊？
「那些？是什麼？」岩俊以為自己耳聾。
「物種。」一個說得簡單。
「從這個世界消失的物種。」另一個補充，回答同樣朦朧。
我們連詩歌也沒聽過啊……
四隻眼睛空對空。
「你們啊，一個坑人，一個洞人，把世界弄得坑坑洞洞，還怪浪人淹水！」小島人森森半開玩笑、半帶責備。

「事實如此，但是，你不能罵他們，小孩嘛，也是犧牲。」小島人淼淼現形，出乎意料的，十分體諒。

「一個坑人，一個洞人……」阿井英抹抹淚痕，突然聽出話裡詭異，急忙的問：「你怎麼知道我是坑人？」

哈！哈！哈！小島人森森慢慢隱形。

阿井英突然伸手一撈，想要繼續問清，卻發現自己半隻手臂也透明了。

「一撈到你就知道啦……哈！哈！哈！」小島人淼淼代答。

阿井英瞪著岩俊，嘟起嘴巴。

怎麼辦？

岩俊聳聳肩，眼見情勢至此，只好安慰同伴：「這樣也好……不必假裝，我也覺得輕鬆……」

阿井英打愣，然後，點頭回應。

28. 安全感

岩秀也露出笑容。

原來阿井家的母親，侍慕海，是思慕大海的浪人。換人計畫，有她在一旁策動，難怪阿井家兄妹一直成竹在胸。

「來嘗嘗新收成……」侍慕海遞上一盤番茄。

「我挑……」阿井豪撥了撥，目光一亮，決定了：「黑色！」

「我……都想吃呢……」岩秀嘟噥。

侍慕海打趣一句：「別急！還有好多，就怕妳吃膩！」

阿井豪附和：「真的，還有好多呢，就怕妳吃膩！」

的確，溫室裡，爬來爬去的綠藤上，懸著大大小小的果粒，有些胖有些瘦，有些分散，有些擁擁挨挨，像是怎樣都要堅持在一掛兒的。

「妳也得幫忙……」侍慕海從口袋掏出一支剪子，「哪……給妳，小心，別傷到自己。」

岩秀一怔，看著剪子，銳尖，不知如何反應。

「母親，別急……」阿井豪嘴裡咀嚼，立刻接手，幫忙緩了一句：「您得先教教她哩！」

當然！

侍慕海滿臉笑意，心眼裡瞧見一個萌機。

別急！侍慕海十分同意，但是，情勢不許，抗潮的人需要後方援力。

「那麼，這些簡單的就交給你。」侍慕海使了一個眼色，遞出整盤番茄，隨即轉身，去忙自己的。

「沒問題。」阿井豪爽心爽氣，接下任務，目送母親消失在綠藤之後。

這對母子的感情肯定親暱，岩秀看在眼裡，哂在唇際。

阿井豪捧著番茄，再挑一顆往自己嘴裡塞，瞬間想起什麼似的，顴骨浮出一朵紅暈，然後慢慢將番茄推出：「不好意思，客人請用！每一顆都很棒，慢慢品嘗！」

「哇！這些……都給我嗎？」岩秀接下，淘氣的問，猶豫的食指卻不知道該拿哪一顆晶瑩。

啊！其實捨不得吃呢！

岩秀滿面歡喜，專心呼吸，不僅僅是因為果香，不僅僅是因為眼前的滿室鮮亮，還有一份久違的，可以忘卻憂煩的，安全感。

29. 老祖宗的叮嚀

食物，是物種生存的關鍵。

大吃小，小吞浮游。

那麼，浮游生物靠什麼繁衍？從太古到眼前？

於是，小島人淼淼發現綠眼蟲的妙用，製作乾糧，小島人森森將它命名為：

「拯救世界的餅乾」。

本來，餅乾只饗浪人。

「因為浪人可憐！」小島人森森博愛而非心偏。

小島人淼淼卻咬著牙說：「因為坑人喜歡坑人，而洞人只管自己的天！」

坑人不老實，洞人小心眼，這是小島人的老祖宗掛在嘴邊的箴言，因為很久很久以前，人啊，吃山、吃海、吃東、吃西，吞掉三千大千，小島人的老祖宗因此叮嚀再三：最好離他們遠一點、再遠一點。

「永遠不見！」敏感的淼淼隨時提防。

「放心，咱們的小宇宙不會被發現！」樂觀的森森雖然很放心，其實偷偷盼望早點有「人」來跟他聊一聊，而不是等上一個百年又一個百年。

也許是機緣，浪潮捲來一個坑人和一個洞人，被淼淼撈上小島，吃了餅乾，才有小命多活幾天。

森森於是說服淼淼：把餅乾的作法分享出去。

至於能餵多少人，那得靠各人福氣。

淼淼依然覺得不安，他問森森：「萬一，綠眼蟲也被吃完，怎麼辦？」

森森笑瞇瞇，他鼓勵淼淼：「地衣，島在人在，餓不死我，餓不死你，何況你那麼聰明！」

淼淼一羞，躲進透明裡。

森森開懷，也往透明裡去。

總之，兩個小島人相伴，蟄居小宇宙，編號三七二四一。

30. 還有一個祕密

扶落町，海奴之地。

海奴是不能登陸的流民，卻可以自由來去，因為「透明」絕技，可以穿越時間和空間。

一旦海面生霧，運輸之路搭起，海奴即行即走，忙著給樹奴分送食物。這食物，便是「拯救世界的餅乾」，綠眼蟲粉身製成。

「海奴？樹奴？」岩俊越聽越擰了。

「很簡單！海奴就兩個。」小島人淼淼指著自己和森森。「至於樹奴嘛，一島一樹，更容易辨認，很快就可以見到他們。」

「侍木大典！」森森合掌，兩眼綻亮，卻是暗藏嘆傷。

「對啊，寧願大樹永遠漂在大海……」淼淼黯然無色，整個人看起實實在在，卻是僵硬。

漂流的樹？岩俊沒有印象，若有，大概只能想起捉月灣裡的一群枯幹。

樹苗凍！阿井英立刻聯想自家溫室裡的珍藏，一根凍結時空的柱子，總是惹來母親汨淚但是不發一言。

於是阿井英追問，什麼是漂樹？為什麼漂樹？樹從哪裡來？樹在哪些栽？

「喂！喂！喂！問題一個一個來！」小島人森森大笑，但是興奮的想要把話匣子大開。

「總之，到了『侍木大典』上，就會知道你們有多壞！」小島人淼淼的敵意看來未減絲毫。

「我們？什麼都沒做啊！」岩俊抗議，「我們……只有跳崖……」

對啊……不知道岩氏一族和阿井家會不會因此打起來？岩俊越想越擔心。

阿井英倒是有些明白，抓出其中含意：「也就是說……我們可以一起去……『侍木大典』？」

森森點頭微笑：「正在接近當中！」

接近！

「接近什麼？這小島能動？」岩俊一時愣然。

「當然！『扶落町』，漂漂島，怎麼來怎麼去，沒人知道！」淼淼相當自豪，口氣卻忽然轉為懊惱：「錯就錯在救了人！」

岩俊和阿井英不用看也知道被睨了一眼。

森森趕緊緩和一下，拍了拍淼淼的肩頭：「哎呀，別生氣，我相信這一定是件好事喔……」

「謝謝！」阿井英也被說服了，灰心再度被期待托起。

那麼，侍木大典何時舉行？

在哪裡？

31. 大盆洋

時間，在海上沒有參考點，何況極晝，四方都是白茫茫，只能藉著潮水判斷流動方向。

「我們趕上了！」岩氏夫拍了拍船身，帶著讚賞的興奮，說道：「撈月船會自動加速，抵達潮流最前端！」

自動加速？阿井老漢耳目一振，這是前所未聞的功能！沒想到，坑人也有此等科技？

「我知道，你心裡在懷疑，甚至不以為然。」岩氏夫直視同伴。

「何出此言？」阿井老漢反問。

「說起科技，當然是洞人厲害，那是累積了時間，而咱們早已斷了好幾代的野心與夢想。」

「野心？夢想？」阿井老漢喃喃自語。

是野心或者夢想？岩氏夫和阿井老漢一齊望向過去，想要分辨其中的差異、功過與罰賞。

然而，大盆洋與奧提瑪大陸一樣滄桑。

「萬萬沒想到這『撈月船』有此一用……」

阿井老漢望著果糧，也是小嘆：「或許科技求生尚且困難？」

「全然捨棄是智者之舉嗎？」

「咱們仍在以身試驗。」

「甚至賭上孩子的年命？」

坑人與洞人各自走上兩個極端，坑人到了岩氏夫這一代，只依賴岩鹽和山羊，而洞人之中最低階的阿井一家，水電純淨，用最低的耗量栽培維生蔬果，以最嚴密的監視系統保障居住安全。

如今，卻在同一艘船上，撲浪抗潮，搶救落海的子女。

波濤起伏，時空晃蕩。

追上浪人，會是今日或明天？

再過不久，極晝與極夜交換，大海一片黑暗，尋人勢必更難。

撈月船上，偶爾的交談盡是感喟，海水伴響。

岩氏夫與阿井老漢分坐兩頭，搖搖晃晃，全賴船身構造，兼顧速度與平衡，追上海流，行進平順。

32. 沉漠

抗潮犯潮，時機是否適當？

沒有勝算的行動，或許可以隱蔽，假借他名，譬如「商議永久的和平」。又或者，趁彼之退，乘隙攻堅。

山陂長因此改變決議：「議和船速即出發。」

坑人議論紛紛。

為什麼？不是說好三天後嗎？

怎麼來得及！就別說找人了，一時半刻也很難備齊乾糧啊！

不是說議和嗎？既是議和更不能急躁，擬出一個方案，喔，不！幾個方案，才有商談空間。

更何況，代表既出，就是全族繫命，前方沒有奧援，成敗全扛，也許有生命威脅，更可怕的是，成了人質，要脅一族的平安。

「我們的戰力仍在！」山陂長提醒。

根據何在？

對方是浪人，若說戰力，若無船艦，寸步難行。

山陵長點出關鍵：「別忘了，船隻擱在山外！」

山外？

坑人猛然記起，面面打趣，表情謔戲。

沒錯，有船，但是沒有一艘駛得出來！

因為那兒是「沉漠」！

「今非昔比，我們要把船開出去！」山陵長彷彿囈語。

坑人沉默。

然而，山陵長露出奕奕神采，幾個看似知道內情的坑頭兒的嘴角也挑著謎底，忍住即將揭曉的快意。

33. 沙士

開船？

水呢？

究竟山陂長打著什麼主意？坑人稍稍生出好奇，卻難解個中詭異。

於是，山陂長與坑頭兒們率先起步，朝向山後。

日常生活之外的那一片廣袤，沉沒的，不只船，還有動物、植物以及乾涸的記憶。

山陂長的背影堅毅，坑頭兒們個個聽從，似乎早有謀計。

走了！走了！精壯的坑人也旋踵跟進。

走吧，走吧，體弱和年幼的坑人便互相攙扶而行。

去瞧瞧那個曾經為湖的地方還剩什麼！

不就是黃焚焚的敗草被熱刺刺的礫沙折騰？

船呢，剝抽了時空，軀殼擱在乾燥裡，船首不再瞭望，船尾遺失方向，兩頭無語，有雨，內外只會鏽得更加嚴重。

坑人一邊走，一邊揣度，一邊疑惑。

果然，才抵達，正逢一艘棄船的煙囪掉落，拍起一團煙塵，惹得老弱急忙掩口，敏感的咳嗽卻數落不停。

眾人不再前進，甚至稍稍後退，退到較高地點。

山陂長繼續直行，走進「沉漠」。

「新船啟動，即刻出航！」山陂長大喊，既是宣布也是指令。

霎時，棄船顫動。

轟！

轟！

轟！

聲音震悚，坑人嚇得紛紛伏跪，央求祖宗：「鬼船啊，別來索命！別來討帳！」

大湖死亡都怪上蒼！

哈！哈！哈！

山陂長和坑頭兒們爆出狂笑，其實炫耀成果。

「咱們早已鋪了謀、定了計，也找了人！」山陂長解釋。

人？所以那些船不是幽靈？

山陂長繼續說道：「沙士！咱們供養！」

沒有半個坑人發現「沉漠」裡還有生命！

更別提這些「沙士」竟然住在棄船裡，日復一日進行船體翻修！

接連的驚奇仍然無法招撫坑人的畏懼與懷疑，誰都知道，有船只是基本條件，無水怎麼航行？

「這些沙士曾為洞人，當然造的是科技船，」山陂長得意的說：「能在陸上進退，也能在海上破浪！」

坑頭兒們鼓掌，顯見合道志同，就為了這一場登舟之誓。

山陂長最後下了徵召：「青壯者，歡迎上船，每坑各出口糧，肉脯儘量，乾酪配搭。」

這一席話，雖然振聵、提綱，出人意表的，也能立即聽出矇騙。

坑人因此嚷嚷議論，說好的議和呢？

這一番陣仗怎麼極似迎敵？甚至博戰？

34. 破船游艇

說好的議和呢？

豈容再有死傷？

豈可掀浪？何況，坑人退避坑道已久，無法掌握時局，浪人不知凡幾，那些向來覬覦奧提瑪大陸的異人必定日日操練，以便隨時犯境。相反的，青壯的坑人，沒有受過格鬥訓練、沒上過船，更別提瘦弱的坑人！

曾經見識風浪的耄老，也無一願意與浪抗爭。

那是自然力啊！

坑人適陰嗜涼，怎能曝得了十天半個月的炙陽？

還有麻煩的暈病！說大不大，說小不小，就是沒有藥石，一旦暈上了，站都站不穩，如何正面突擊？

「放心！咱們還有內應！」山陂長斥喝所有怯懦。

內應？浪人？

「沒錯！」坑頭兒們大聲附和。

山陂長按捺脾氣，吐字緩緩：「現在，非急非緩，恰到力點，有岩氏小子落水事件為前導，此刻才有理由出船，況且，咱們招聘沙士若干，打造時日，破船為艇，如今便是展示實力與決心的大好時機！」

原來早有盤算！

難怪當初不給岩氏夫任何支援！

表面上議和，為的是分散浪人的注意力，根本就是利用岩氏夫急切救子的行動。

「為了大局著想！」一個坑頭兒終於表明。

其餘坑頭兒的神情十分冷靜，總之，一夥兒已經談妥了，此刻再無商量餘地。

「瞧！」山陂長舉高雙臂，正式介紹：「整備完成！」

坑人望向「沉漠」，一艘艘顫動的棄船擺尾搖頭似的，本來低飛的雲此時竟然槃停，彷彿也想看個究竟。

頓時，嘎嘎吱吱連天，像棄船重生的怒吼，也

像是「沉漠」憋了很久、很久的怨聲。

眾人真想掩耳蒙眼，卻怕錯過奇觀。

「破船！」

棄船脫掉廢鐵？

「游艇！」

老船生出小艇？

簡直像是剖開母羊肚子抱出羔子！

下一秒更讓坑人驚嚇，小艇懸浮，極像愣在天空的雲！

「這就是咱們坑人最新、最強大的裝備！」山陵長驕傲的說。

「能飛能游，肯定超越『浪人之艦』！」坑頭兒們互相保證。

能飛能游？

浪人之艦？

坑人啞口無言，驚喜隨即被憂慮取代。

眼下，水土交鋒早已進行一半！

35. 群島

順流，讓抓住海潮的撈月船迅速行進，岩氏夫與阿井老漢便得以節食一半、省力一半，甚至趕過「扶落町」。

彼時，「扶落町」裹在霧中。

「那……半透明的，是島或是船？」

「據說，浪人艦隊如鬼如魅……」

「而且，不只一艘。」

雖然兩人已有覺悟，若要硬拚也只能賭上老命，然而，摸清對方底細，仍為上策，若不躁進，或有轉圜。

兩人各自省略在嘴裡的體悟，沒有直說，卻從各自的表情知道：深有同感。

於是，岩氏夫使船略偏，暫且繞道，試圖趕到前面。

就在漸漸遠離謎霧之後，海面上突然一個濃黑的影子逼近。

「莫非真是……浪人艦隊追來了？」岩氏夫自問。

阿井老漢卻答：「未必，但是，就在航道上，迴轉已遲。」

的確！

岩氏夫只能拉槳為舵，直直的，駛向黑影。

才一轉念，那團黑影倏忽就來到眼前，形貌瞬間清晰，原來濃密的是葉片，層層疊疊出厚實的黝綠。

樹幹！岩氏夫詫異。

那是樹？大樹？阿井老漢驚喜。

而兩人好奇的是：究竟是樹抓著島？抑或是島托著樹？

樹雖壯，略分高矮，島的體積因此大小不等。

矮樹清秀，高樹則氣根繁茂，有些垂落如牆，牢牢抓地；有些迢遙如橋，攀住鄰木，一個島拉著一個島，一齊在海上漂移。

「樹木勾肩搭背啊……」岩氏夫讚嘆。

「集體的行動力……」阿井老漢想起，上八洞與下八洞便是如此通達，串聯在一個「洞天」之下，這一股力量，鞏固自家，卻十分排他。

兩人觀望中，撈月船竟也自動止息。

「不妙……」岩氏夫發現蹊蹺，「被拉走了……」

「真的……」阿井老漢感覺身子跟著船體略傾。

只好靜觀其變。

越近越有靈，那些樹活生生的，仰著頭，舒展腰桿。

越進越無路，撈月船已被什麼糾纏，幾乎動彈不得。

「有人！」阿井老漢指向最高壯的一棵樹。

岩氏夫不知如何反應，此際，怕是遇見「敵」人。奈何，已被強行牽引，撈月船抵達大樹島邊緣。

果然，人聲響起：「上來！」

這是邀請或命令？

岩氏夫與阿井老漢對望一眼，噤語，默默收拾手邊的東西，一前一後，踏出撈月船，這才發現船體已經離水，猶如靠岸。

底下，樹根捧托，形式安穩。

眼前，樹根如牆，層次參差，正是時日累疊的印證。

兩人攀爬，手腳並用，偶爾回頭，瞥見遠方迷霧，岩氏夫與阿井老漢方才確認這種踏實的感受並非虛幻。

36. 樹奴

上了樹，別有窩藏。

一個巢，以枝葉縱橫，中空，可以容納數人。

所以，此處住著「樹」人？

岩氏夫與阿井老漢雖然心懷戒慎，卻樂見有人，不論是敵是友，多少能夠拼湊前程。

「請坐！」長鬚樹人口氣謙和。

短鬍樹人以手指定位置，目光如電。

岩氏夫回禮，同時試探：「感謝泊船之恩，不知閣下如何稱呼？」

長鬚樹人淡淡回應：「樹奴一干，沒有名姓。」

「那麼，樹群將往何處？」繼續釘著問的，是阿井老漢。

「方才領了餅乾，欲請海客一嘗。」

「請用。」

看著短鬍樹人手中的小饈，兩人忽然腸滾，阿井老漢和岩氏夫急忙捧腹，壓抑肚子裡的響聲。

「哈哈哈，不必客套。」

「請用。」

「嗯，氣味奇妙。」岩氏夫在坑裡沒聞過這樣的氣味，無從形容。

阿井老漢倒以蔬果比擬：「草腥。」

嚼了嚼，阿井老漢又說：「自然的美饌。」

「入口即化，精神立刻提振！」岩氏夫立刻又咬了一口。

「吾等便是靠它，歲歲年年，哈！哈！哈！」摸鬚的樹人驕傲萬分。

「敢問……這群島之上可有餅乾人？」果然阿井老漢是科技之子。

長鬚樹人搖搖頭，說道：「雖不在此，也算島民。」

果然海上有高人，這是岩氏夫祖宗們的記憶。

「島民？就在附近嗎？」阿井老漢沒說的疑問根據則是：這些餅乾如何交遞？

短髯樹人點點頭，講的卻是反語：「想來便來，消失也在一瞬之際。」

這是謎語吧？

岩氏夫只好睜大眼睛打量，看看能不能找個縫或者通道？

阿井老漢憑著知識追問：「肯定有先進的科技設備才能製作這些餅乾吧？」

兩個樹人一起點點頭然後皺起眉頭。

那意思是：應該是，但是我們都沒見過！

37. 蟲屍

餅乾人？

就連小島人也沒聽過這樣的稱號呢！

「就像詩人寫詩，工人做工，做餅乾的自然要叫『餅乾人』了！」阿井英瞅著透明的空氣說著。

透明裡，一個開心，一個害羞。

「所以，你們真的願意把餅乾技術教給我們嗎？」岩俊有些怯步，因為沒有把握！

萬一，把餅乾做壞了，磨成粉末的綠眼蟲不就死得太冤枉了？

阿井英一旁鼓舞著：「教我，你只要幫忙把方法記著。」

這倒可以！

岩俊索性收手，只管旁觀阿井英學習小島人的密技。

「不如這樣吧，你負責養蟲，等會兒讓淼淼單獨……教你？」小島人森森瞧著淼淼。

啊……岩俊面露苦惱，一個頭點得有些遲疑，因為暗自叫苦：這……可能比做餅乾還麻煩！

「所以，直接跳到粉！」阿井英已經躍躍欲試。

這邊指指，那邊劃劃，小島人森森把程序簡化，跳過養蟲、撈蟲、洗蟲，總之，把蟲冷凍。

「然後，碰！」森森大吼，自己卻摀著耳朵。

阿井英來不及躲，更來不及掩耳。

卻見森森笑嘻嘻的揭穿：「其實啊，你們聽不到這些爆破聲音！」

喔！早說嘛！

阿井英沒得抗議，因為小島人森森已經迅速走開，走向不遠的平台。

小島人淼淼仍然把臉繃著，但是目光顯現興趣濃厚。因為，等一會兒要試試新口味，配方當然是他研究出來的。

「經過低壓膨爆，」森森繼續說明：「冷凍的蟲變成粉末，材料就是它了！」

所有目光投向平台上一罐綠色粉末。

忽然，岩俊急忙掩住嘴巴，因為喉間翻來一陣噁心。

「喂！沒禮貌！這是神聖的犧牲，不！奉獻啊！」森森首先申斥，但是保持笑容。

不過，淼淼就忍不住大聲責備：「誰叫你們吃山吃海吃東吃西全部吃光光！」

怎麼又自己找罵挨啦……阿井英緩緩回頭瞟了一眼。

不是故意……

知道你不是故意，但是態度要注意……

知道了……

眼神的對話裡，阿井英小嗔，岩俊無語。

掉了魂似的，岩俊越想越生委屈，沒料到，連阿井英也跟小島人站在一起！可惡！在孤立的小島上被孤立，真是見鬼的小宇宙三七二四一！

38. 陸上的棋子

孤立才能獨立。

洞人一向仰仗科技，所以能鑽地自閉。運用陽光集電，以水耕綠，再藉綠葉製造氧蓄水，如此循環，不出洞也能日日安然。這與放棄科技而依賴畜牧的坑人不同，洞人吃菜吃水果，自己栽培多少種多少，又或者說，種多少吃多少，因為，有時候，實驗未能獲致成果，那麼，習慣少吃，便能常保糧食無虞。

「這跟依賴畜牧有何不同？」岩秀盯著偌大的書牆，什麼知識都有，一點就通，但是沒有紙張，沒有觸感。

「微縮不占空間，」阿井豪解釋，「當然不必靠山。」

這是什麼一語雙關！

「我們是深受科技之害才返回自然……」岩秀有些不服氣。

「不是批評，」阿井豪闔上書，「前人的決定往往是後代承擔。」

「我知道，但是，現狀並非最好。」

「所以妳才想要改變……」

岩秀點頭。

換人計畫幾乎等於失敗，因為岩俊和阿井英兩人落海，但是，得知阿井家的母親大力支持，這讓岩秀重新振作起來，看到希望。

「母親也遇到雙重的困難……」

雙重？

「母親可能是浪人遺棄的一步棋……」

遺棄？棋？

「所以取名慕海……」阿井豪無法轉述離鄉之苦，只能形容：「不時出神的盯著時鐘。」

時鐘？

「哪！妳讀這個……」阿井豪碰觸書牆，點、點、點，從大到小，一本書就是一個年代一個類別一個項目，最後打開一本書，封面兩字：末世。

「末世？」

阿井豪簡單解釋：「妳瞧，這麼多時間，預言沒有一個實現，所以，預言被視為謊言，直到，天地大變……」

「奧提瑪大陸？」

阿井豪點點頭，將書本點到最後一頁的空白：「我們將從這一頁開始補記，大洋隱沒，土地推擠，這一個世代，奧提瑪大陸與大盆洋概分東西。」

「為什麼奧提瑪大陸不生草木？為什麼浪襲？為什麼坑人避到山裡，而你們……」

早就知道？

阿井豪搖搖頭，又點出一本書來，上頭寫著：「世界大戰」，紅色字體。

「因為樹比人早死！」阿井家的母親忽然出現在圖書室，手上端著一盤，也是紅通通的，但是讓整層充滿香氣。

侍慕海先嘗了一顆，滿意的說道：「啊，最新研發的白番茄，小小一顆，酸酸甜甜，恰好的比例！」

科技！

「母親，請說說您的遭遇！」

「嗯？還聽不倦嗎？」

「說給客人聽……」阿井豪臉頰微紅，轉移視線。

「啊！可以嗎？」岩秀充滿期待，「我喜歡聽故事！而且，我有好多問題！但是我還不太習慣讀書……因為你們這兒的書……」

太怪異！岩秀不好無禮，所以把莽語藏起。

「書可以隨時讀，想讀就讀，只要妳還住在這裡……」侍慕海其實也被勾起回憶，「但是啊，我現在正好有空講我的故事！」

天曉得以後還有沒有機會再說一次……

這才是侍慕海爽快答應的原因。

這也正是侍慕海擔心的事。

39. 萬根方舟

樹奴跟海奴的故事綁在一起。

因為「拯救世界的餅乾」，因為「侍木大典」。

「我們是養樹的人！又或者，樹養的人。」長鬚樹人說得淡然，起身，理了理鬚毛，往上鑽。

短翳樹人跟著站起來，以手示意，邀請客人跟上。

上面？

岩氏夫與阿井老漢以眼神互問，同時抬頭，這才發現樹巢上方有個開口，顯然可通往某處，長鬚樹人已經往上攀爬，而短翳樹人稍候，等著押在後方。

於是岩氏夫跟上，阿井老漢趕緊拍拍唇邊的餅乾屑，暫時吞下疑問。

攀，爬，穩穩當當，岩氏夫揣度，一來是這樹的根紮得穩固，二來是那人編遣得好，縱的根，不曲不撓，橫的根，轉接得妙。

「這樹，挺碩壯。」阿井老漢用洞深來研判。

殿後的短翳樹人立即送上答案：「這是樹群裡最高壯的一棵樹，名曰『班斧』。」

樹有名？

岩氏夫與阿井老漢不約而同想起自家譜系，前者依石，後者依井，各有傳人，如此推想，這一群樹，莫非也有屬親？

「瞧！樹島，島樹，」長鬚樹人站定，在原地轉了一圈：「咱們是萬根方舟。」

阿井老漢搶先一步，驚嘆：「高瞻！」

的確，洞人近視已久，視界只有螢幕之寬。

而身為坑人的岩氏夫則關注腳下，抱著憂懷提問：「這般小島，能否撐住大樹的命根！」

譬如山根，經坑人敲敲打打，日漸脆弱，也許崩塌。

「暫且放心！多虧有了『拯救世界的餅乾』。」長鬚樹人回頭迎接岩氏夫的目光。

「樹，也吃餅乾？」岩氏夫微笑，略感驚訝。

「嗯，雖然滋味不差，可是夠嗎？」阿井老漢在意數量。

「萬根一塊。」短鬍樹人的數字報告令人驚訝。

啊？

既曰「萬根方舟」，那麼，所謂萬根一塊，一塊餅乾就夠了嗎？

「哈！哈！哈！」長鬚樹人被逗得下巴抖河。

河啊，河，岩氏夫憶起老祖宗傳說的長河之涸，據說，樹就那麼一棵一棵死了。如今，卻在海上，竟有這麼一群綠樹活著！

所謂萬根一塊，一塊餅乾真的就能把樹養活？

「當然！是特製的樹餅，比咱們人吃的稍大，但是養分絕對足夠！」短鬍樹人又是盡責的補充，猶如長鬚的副手。

而長鬚樹人也習慣拋出大要：「小島人知道怎麼做。」

小島人？做餅乾？

岩氏夫和阿井老漢因此一致轉向短鬍，打算聽個分明。

卻聽長鬚樹人點兵似的，指向「班斧」之下的樹群：「瞧啊，什麼樹都在這裡，就缺一塊土地，很大、很大的土地。」

土地？

奧提瑪大陸？

40. 王子和公主

所以，尚未扎根土地之前，樹苗暫時冰凍，藏在時空之柱。

「所以您的任務是保護樹苗？」

「那只是下策！」侍慕海無奈的說：「最好能讓它生根！在土地上扎根！」

土地？

岩秀搜尋認知中的可能區域，坑人的山陂貧瘠？而山陂之外是「沉漠」，黃沙不容草根！所以，在奧提瑪大陸之上，哪裡有肥沃的土壤？足以讓一棵大樹成長，而後繁衍為森林？

果然，神話才有這般美景。

「所以我被浪人派到陸上。」

接下來的一半事實，阿井豪是知道的，因為那是他和妹妹要求母親說了又說的，關於王子和公主相遇的那一段。

王子是阿井漢，現今已成老漢。

公主是侍榆，自號慕海，思慕大海之人。

「總之，那些大故事，你可以看書，弄個明白；而我的小故事，三言兩語就能講清楚。」

嗯！岩秀理解。

偌大的書牆，儲存歷史的檔案，岩秀是每一本都想看！

「我名『侍榆』，是奉侍榆樹之人，當年駭浪，我被留在陸地，便是為了等待時機，為了種樹，如今……卻成了阿井家的母親。」

唉，母親嘆氣。

所以阿井豪故意逗笑：「我和妹妹是小王子和小公主哪！」

「未來小王子若娶了妻，不知道是要種菜還是種樹哪？」阿井家的母親衝著兩個孩子開了小玩笑。

「都種行不行？」阿井豪撒嬌，立即打破兩難。

「行！」阿井家的母親欣喜的說：「這便是我支持換人的原因之一，小小的私心哪！」

哈……阿井豪急忙低眉。

「一些坑人也有類似的想法，」岩秀沒有多想，只是說了真話，「但是，目前，反對勢力比較強大。」

「的確！坑人的內部衝突，時有耳聞，而咱們洞人亦不遑多讓，別說上下有別，就連八洞之間也常常暗中較勁。」

「為什麼大人總是爭這個、爭那個啊！」阿井豪的氣憤即時掩蓋方才的尷尬羞色。

「從我這裡開始改變吧！」岩秀忽然眼睛裡閃著淚光。

果然岩氏女娃有膽，侍慕海放了心，可以授藝，可以傳遞使命，卻也稍稍擔心這擔子恐怕會壓垮小小的肩膀。

「有我哪！」阿井豪看著女孩，更憐一分。

侍慕海攬住女孩，拍拍肩。

「嗯……」岩秀擦了眼淚，領受阿井家的溫暖：「把落海兩人的份兒一起算上吧……」

41. 大樹之歌

落海的兩個孩子啊……漂往何方？

岩氏夫站在樹頂，放眼海上蒼茫，心底掛念孩子的生命。

「哇……從來不曾這般看海……得遇如此奇景，真是死而無憾！」阿井老漢毫無掩飾的嘆美，表示十分身心舒暢。

不好了！這話說得刺耳，傷人！

阿井老漢頓時察覺失言，不過，收回已難。

倒是岩氏夫並不介意，託辭化解同時提問：「群島啊，群樹啊，欲往何方？」

長鬚樹人聽出其中試探，也不隱瞞，面對岩氏夫，直截了當的講：「咱們要會『浪人之艦』，參加『侍木大典』。」

浪人之艦？

侍木大典？

怎麼浪人有這麼多名堂？岩氏夫無一知悉，暫時難以拼湊全貌。

阿井老漢此際胸中頓時瞭然，因為妻子本為浪人，總是心事重重的對著小樹苗輕聲說話，沉浸於過往。

那低語像念咒，如嗚如噫：

我呼吸你，你是天
你呼吸我，我是地
呼吸時空，時空呼吸
一於萬物，萬物於一

看樹看得入神，想妻想得出神，阿井老漢心裡的低語划向唇隙，充滿感情，而且字字清晰。

「啊，這是……浪人的〈大樹之歌〉！」長鬚樹人驚喜多於詫異。

短鬍鬚人則直陳：「難道你是浪人派出的臥底？」

臥底？

岩氏夫搖頭、甩頭，瞧著阿井老漢，不解！仍是不解！

「總之，我和你一起，來找落海的孩子。」阿井老漢看出同伴的懷疑。

孩子？

落海？

「莫非是小島人叨叨唸唸的原因？」
「叨叨唸唸？」
「說是教做餅乾什麼的……」
「這倒有意思了。」
岩氏夫和阿井老漢揪耳傾聽，不知有何干係。
「這樣吧，」長鬚樹人提議：「不如兩位與我們同行。」
阿井老漢十分樂意，因為樹頂風光令他著迷。
「我那『撈月船』怎麼辦？」
「早已安置妥當。」短鬍樹人其實是向長鬚報告。
長鬚點頭，說了：「當然！」
岩氏夫不好拒絕，只能隨遇而安。
「放心，隨時歸還。」長鬚樹人指向下方遠處，「瞧！群島護著它呢，不怕走散。」
阿井老漢定睛細看，果然是大樹拉小樹，中間如圍，從高處望去，兩人乘來的撈月船只是一個小點。

42. 神奇配方

綠眼蟲也是一個小點，吃光，吃水，就能點生點，點、點、點，集合起來就能延長時間與空間。

樹木的時間。

而奉侍樹木者，譬如浪人以及負責養護的樹奴，因此獲得好處，成為生命時間的例外之人。

至於小島人的時間早已不在時空之限，透明，即是永遠。

所以，與其任由坑人與洞人爭來奪去，不如授予「餅乾」的祕密，省了大家的氣力。

兩個落海的孩子，被撈到「扶落町」，亦即小宇宙編號三七二四一。

小島人森森看上阿井英的伶俐，小島人淼淼則是不情不願的，收了怕見蟲屍的岩俊，要教他養蟲生蟲的道理。

「爆開的蟲屍，怎麼想，都覺得可憐啊。」阿井英試著為岩俊緩頰。

小島人森森癟嘴，兩眼鬼黠的說：「善用，是有限度的運用，而非濫用。」

哎呀，別再繞回來指責人類的貪心吧……

「總之，你們要好好學，『拯救世界的餅乾』是目前唯一的答案。」

「除非你們把樹種回去！」

當然！

學做餅乾比較快，把樹種回去？幾乎是不可能！

岩俊心裡很想大聲的說，劈里啪啦的講，但是他忍住了，真怕再惹了淼淼，換來厲色。

「看著囉！」森森把蟲粉倒在平台上。

食指點在粉堆中心，繞一繞，慢慢推，推成一個小小凹坑，加點水，混拌，慢慢加水，慢慢混拌。

淼淼忽然喊道：「忘了神奇配方！」

「對了！」森森伸手去討，因為一向是淼淼提供。

只見淼淼搓揉雙手，閉目凝神，正欲開口……

「配方！」

「馬上！」淼淼繼續，搓揉雙手，閉目凝神，然後舉高雙臂，比劃一圈，口中喃喃唸起：

統統放進去
抓一把不高不低的山坡地
紅花綠葉
小草也被連根拔起
抓著不乾不濕的土泥
還有幾隻正在吃草的羊兒頭低低
撲通
舀來一杓清溪
撲通、撲通
丟些生氣、憤怒、歡笑以及淚滴
攪成一團
等待蟲兒變把戲
等出一肚子氣
壓扁了
咕嚕、咕嚕
跟著海浪拍拍肚皮
等得餅乾自己鬧轟轟

一張張脹紅的臉皮
燙啊
全是陽光的印記

小島人淼淼這邊晃過來、那邊晃過去，一會兒笑嘻嘻，一會兒哭啼啼，釋放了所有情緒。

岩俊目定口呆，心想：做餅乾必須做成這樣，挺嚇人！

阿井英和森森倒覺得耳目一新，原來，「詩」也可以當成配方，不知道滋味如何？吃了，能否趕走憂疾？

等淼淼吟誦完畢，森森也跟著虔誠律動，揉了專心，揉了詩意，直到粉堆變成軟糰。

「接下來，你可以插手囉！」森森想讓阿井英立刻體驗。

於是小島人森森帶著阿井英，揪起軟糰，拍一拍、打一打、壓一壓，沒有標準，大大小小，容許誤差。

瞧著、等著，小島人淼淼忍不住還是生氣了。

「沒有我要的啊！」淼淼口中呶呶。

「糟了！忘啦！」森森打了圓場，說道：「下一回，再特地做一隻鯨魚給你

啊！」

記住了！

阿井英在心裡記下小島人淼淼的偏好，記牢。

43. 沉睡的森林

那麼多書，怎麼看得完？那麼多知識，怎麼記得牢？

沉且眼下時間不能慢用，岩秀當然心焦。

以前，坑道裡的燭光有限，閱讀時間太短，而坑人一向注重技能，大大小小的粗活細工都得練出個手腳來，才會受到大人認可，進而交付重要的職務。

而今，身在阿井家，可以越界學事，知識疊著古今的厚度，壓縮在圖書室，單單這一點，就讓岩秀覺得興奮，甚至狂喜，然而，即便囫圇，也無法吞食那一整面牆的書籍。

所以阿井豪說：「我拜託母親教妳！」

「太棒了！」岩秀滿心感激。

阿井家的母親也同意，讓岩秀跟在身旁，上上下下，特別是在溫室裡，邊做邊學。

「來吧，工作之前，去看看我的森林。」阿井家的母親一臉喜悅。

「好的！」

「托妳的福！」阿井豪在岩秀耳邊私語，「母親今天特別高興！」

是嗎？岩秀以眼神懷疑，難不成阿井家的母親一直不開心？

阿井豪似乎同意，微微點頭，但是沒有進一步解釋。

進入電梯，進入溫室。

啊，換人計畫終於進入執行階段，儘管維持真實身分！

啊，這溫室，這生趣，果然是坑人無法想像。

經過綠籬，穿越一排一排的蔬果，岩秀貪心的大力呼吸，吸著、吸著，那些馨綠！對於聞慣了坑道的鼻子來說，真是最奢侈的待遇！

轉入平行小室，中央一道光束，四周黑闃。

稍微站定，眼睛適應了昏暗，岩秀感覺臉上冰冰涼涼，是低溫漸漸罩了過來，最後包覆全身。

「這裡比較冷！」侍慕海解釋：「因為得讓我的榆樹暫時不要長大。」

啊，這話裡，有愛、等待與希望。

而眼下，是更多的無力凌駕！

岩秀靜靜的觀看，心底卻無法不泌出憂傷。

阿井家的母親，侍慕海，神情肅然，慢慢繞著一根層層疊疊的玻璃缸柱，口中清唱：

我呼吸你，你是天
你呼吸我，我是地
呼吸時空，時空呼吸
一於萬物，萬物於一

「這是〈大樹之歌〉，是母親與森林的對話。」阿井豪小聲解釋。

岩秀點點頭，仔細聆聽。

一遍又一遍，侍慕海繞著垂直森林，溫柔寄語。

呼吸。

天地。

森林？這是沉睡的森林吧？

被保護或者被禁錮？

岩秀看著玻璃缸裡的小樹，彷彿能夠感受那冷澈時空的等待。

等待沃土的生命。

44. 草民

沃土，若不在大陸，海上也可以。

首先是編草漂移。

「早先，咱們只用蘆葦，疊上一層一層的草枝，當做地皮，結屋住人，草爛了，便好當泥，種了樹，全得靠它自己的力氣，抓牢了，壯大了，人才能跟著呼吸。」

「誰叫我們是草民。」

一個長吁，一個短句，兩個樹人的性情都在話語裡顯露，隱約抗議著坑人與洞人的慳吝。

然而，一代又一代過去。

現代人何苦再為宿怨執一，何苦，俟隙尋釁？

所以岩氏夫試圖化解眼前的憤嫉：「水源涸乾，坑人退居山腹，日子也是困難。」

「自食惡果。」

「暫且不提過去，把樹種回來，大家才有生機。」

站在樹頂平台，縱觀漂流群島的綠意，點點分離，但是個個深濃，若是站在樹下來看，枝葉想必十分濃密。

顯然樹木找對了地皮。

「這麼看來，浪人一直比陸上的我們更加努力。」阿井老漢推論，自己覺得頗為合理。

「何以見得？」岩氏夫略表詫異：「浪人屢屢掀浪，危害我們，難道不是為了搶奪土地？」

「仇恨容易……」阿井老漢以為岩氏夫應該唾棄舊惡。

「爭權奪利。」

長鬚樹人指向最小的島上最小的一點綠。

什麼樹？

住著什麼人？

短鬍樹人忽然爆出笑聲：「無人，無名。」

「因為無人，它不必為誰遮蔭，葉子少，但是主幹粗大、碩壯。因為無名，所以無人。」長鬚樹人也哈哈幾聲，吹動鬚根。

懂了！

所以有名、有用的樹木日漸絕跡，山禿了，土地殫亡。

岩氏夫無言，心裡一如坑道幽暗。

而阿井老漢，突然想讓洞內的冷凍榆樹移植過來，有一個島，才能生根，不然，藏在阿井家，永遠無法自由伸展。

「侍木大典。」短鬍樹人目光閃亮。

那是唯一的答案？

長鬚樹人一一點閱群樹的樹冠，拍手，似乎傳達某種訊息。

什麼含意？

為何這般陣仗？

岩氏夫與阿井老漢越發覺得好奇，「侍木大典」可是好比坑人與洞人的「交換日」？

浪人與樹人是聯手？還是彼此抗衡且暗中為敵？

45. 興浪人

議和船使的便是兩面手法。

明說和平是大計，暗裡探細，買通貪利的興浪人，意圖一舉搗毀浪人的大本營。

談何容易！

找對人，給足門禮，就能進得門裡。

山陂長深知箇中道理。

「當然有隙，要乘的是，好時機。」興浪人言之確鑿。

「沒有防禦？」

「不可能！浪人十分警戒，不容鬆懈分秒。」

「那麼閣下說的，隙從何來？」

「相較之下的低戰備。」

山陂長動了小氣：「戰備，咱們可不想嗆水？」

「所以，大典之時便是破浪之勢。」

大典？

破浪？

「說好了，只開門，不借命。」興浪人也有底線。

山陂長稍稍動了小氣，撂下眼珠：「最好一次畢成大功。」

興浪制浪本是山陂長的上策。

「若是時勢允你收伏，我等自然不會犯順。」

「那麼，大典之時，游船擊浪。」

協議談成，那是早在山陂長開始掌權之時，瞞著所有人。

接著，坑頭兒一一靠攏，山陂之道，明修坑疤，其實亟欲暗渡，浪人之艦！

山陂長不是不瞭解風險，所以派了心腹出擊，就算幾個坑頭兒失敗，自己就可以安然守住山域。

至於那些沙士，本來就是異己，不足掛心。

山陂長彷彿預見潰浪，不禁鼓胸大呼：「等待啊，等待，就是要把這一口鬱悶吐光！」

種種隱忍，猶如「沉漠」佯死，為了避人耳目。

為了造船，所以豢養沙士。

呼！山陂長用上所有的閒工夫。

就等游船，長驅駛入！

46. 水脈

要說練就閒工夫，一定得捱得住。

譬如管來管去的流水，粗細各有什麼用途？大小循環的力量，在哪裡蓄儲？於是，阿井豪領著岩秀下到洞底，那兒除了一缸小海洋，還有一個大泳池。

好多水！

乾淨的水！

「原來你們可以天天練習游泳！」岩秀驚呼，憶起跳崖一幕。

「比起游泳，妹妹更愛閱讀……」

「跳崖其實很駭人！」岩秀承認。

想起那日，阿井豪幾乎要哭：「捲進海裡一定更恐怖……」

「說好的，咱們一起堅強挺住！」

「好！」

「說說這些水吧！」岩秀環顧四周，漸漸凝思，「一定是蓄了很久、很久！」

「倒也容易！」阿井豪恢復輕鬆，口氣得意。

岩秀睜亮眼睛，目光質疑。

「只要懂得其中的原理！」

原理！果然是科技之家！

阿井豪繞著水邊，一邊走一邊指著一條微微凸出於洞壁的管子說道：「那些『水脈』，負責收集。」

岩秀跟著細瞧，果然「水脈」末端正有晶瑩的水滴掛著，才一眨眼，水滴落下，進入小海洋。

「這邊一滴，那邊一滴，」岩秀環顧四壁，「就有這麼一個小海洋啊！」

這是什麼道理啊？

彷彿聽見岩秀心裡的讚嘆，阿井豪說了：「這是大自然的道理啊！」

「母親說的，大樹的葉子把雨水收到地下，養根，養地。所以，洞人早早便以此為家，不過，現在只能靠著日夜溫差變化，收集露水。」

「也得藉助科技之力啊……」

「的確！」阿井豪想起母親的榆樹，「沒有沃土，樹木只好繼續沉睡。」

「有光，有綠，總是勝過坑道日子的況味啊！」

換人計畫便是為了學習這些科技，然而，此刻岩秀覺得壓力好大，除了環境，大人面對生活的心態怎是小輩可以插手呢？

一直都說科技害人呀！

岩秀皺起眉頭，思索坑人老祖宗的話。

這世界，究竟怎麼了？

如何把樹種回來呢？

沒有樹就沒有森林，沒有生氣盎然的森林，土地就無法蓄水，一寸乾一寸涸，世界坑坑洞洞，都是人禍，這是簡單的道理吧？

岩秀彷彿懂了其間的關聯，無奈自己如此渺小。

想呀想，看呀看，岩秀忽然提問：「那麼，獨立的大泳池並沒有接連在一起，做什麼？」

只見阿井豪一臉尷尬，小聲回答：「我們在那兒游泳，還在那兒……洗澡……然後……」

阿井豪比手畫腳，指上指下，然後給了簡單的一句話：「物盡其用。」

岩秀會意一笑，洗浴和清潔果然都是洞人風格，坑人的省水方法可就沒有這般豪華哪！

「當然，淨水也是偉大的科技呀！」阿井豪一派認真。

淨水科技啊，坑人這輩子應該學不來吧？

岩秀胸口悶悶的，憋著話。

47. 大樹的汗水

樹人喝水不用蓄存，拉著葉片，直接就口而飲。

上上下下，鑽進鑽出，一整棵樹的葉脈就是命脈，樹人還可以就藉此鍛鍊四體，然而，更重要的是，人樹因此合一，如親如子，彼此養護。

「越高處的水越好喝啊……」短鬍樹人難得露齒而笑。

「不如你們也喝喝吧……」長鬚樹人提議。

當然！

岩氏夫迫不及待便攀爬而上。

「應該會比咱洞裡的水甜美吧？」阿井老漢充滿期待。

長年生在海上雲霧之中，是大樹內外循環的水，而在旱地下的洞底之水，想必遜色許多吧？

「你也去收集一些，給小島人做餅乾、養蟲……」

「好的！」

短鬍三兩下便趕上岩氏夫，腳踏粗幹，手攀細枝，然後從懷中掏出小瓶，將瓶口對著葉尖，不久，果然有一粒渾圓滑入瓶內。

岩氏夫不禁興奮的說：「哇！趕快嚐嚐！」

久渴甘霖……

阿井老漢可以理解同伴的欣狂，因為，就飲用水而言，洞人的確比坑人幸福十分啊！

只見短鬍樹人慢慢的等、慢慢的積攢，終於裝滿一個小瓶。他隨即搖搖瓶身，瓶內的水晃晃蕩蕩，好似一個封閉的海洋，潮聲迴響。

忽然，一團薄薄的人形，活生生的，就攀在樹枝之間。

「等一下！我想玩一會兒！」

像煙霧吧？

阿井老漢和岩氏夫都將眼睛瞪大，等著，就像那團人形自己說的，等個什麼具體了，才好一問一答。

倒是長鬚樹人仰頭先說了：「有客人哪！別貪玩，趕緊下來，有話問你哪……」

「喔！」

倏忽間，聲音已從樹身竄下，一個小人兒就站在長鬚樹人面前，滿臉光華。

「客人在哪？」小人兒東張西望，只見長鬚，別無他人。

「哪！樹上。」長鬍樹人指示。

「真稀罕！你們竟然有客人，跟咱們一樣？」

「怎麼？你們也有客人？」

「對啊！是淼淼撈上來的。」

「撈？」長鬍樹人皺眉，繼續說道：「這兩個客人是坐船來的。」

「船！在哪？在哪？趕快給我看一下！」小人兒太興奮，身體薄透了。

在哪？

岩氏夫和阿井老漢一爬下樹來，反而不見一直嚷嚷的人兒。

「先跟客人見見面？」長鬍樹人端正了身子，對著眼前空談。

「好吧。」

阿井老漢聽到踏響，接著看到腳脛，顯示漸漸出著力道哪。

「啊！」岩氏夫低呼，難掩驚訝。

「哪！給你！」短鬍樹人從後面竄出來，並且遞上一個小瓶。

「太棒了！大樹的汗水！」小人兒搖了搖瓶子，「讓我先喝一口吧！」

汗水？

大樹的？

岩氏夫和阿井老漢驚喜，這麼貼切又調皮的形容，有意思！

兩個樹人未置可否，看著小人兒呼嚕、呼嚕，簡直就是放縱！
然而，稚氣娛人，想必這小人兒裡裡外外都覺得開心？
阿井老漢十分欣羨，心口忽然湧上一股想念。
想念孩子，想看看孩子的笑臉。

48. 造土

上上下下就有活力，活著就開心！

番茄洞，阿井家，遺世卻又存在，全仗科技！

岩秀一方面享受未曾體驗的舒適，一方面感受種種認知的衝擊。

如果可以，就一直這麼過下去，天天吃紅番茄都行，何況顏色還有粉、黃、橘！還有初次研發成功中的青蔬與瓜果，樣樣迷人，不論口感或香氣。

也許可以，換人計畫一直持續……

「來吧，今天母親要教培養液！」

盯著牆上的書，岩秀想得出神。

「嗯？」阿井豪輕輕碰觸岩秀的肩頭，「哪裡不舒服？」

岩秀這才回神：「不是……沒有……」

但是阿井豪發現岩秀臉頰上一陣紅一陣白，所以自己究柢追根：「溫度太冷？濕度要再降一分？還是空氣中有什麼不明成分？」

說著、說著，阿井豪走向電梯，朝著門邊的控制板，思考了好一陣子，想要找出原因。

「走吧，不是說今天要學培養液？」

阿井豪一回頭，恰好迎上岩秀的眼睛，精神洋溢。

沒事就好！

於是，兩人進入電梯，前往實驗室。

「那裡跟溫室不一樣，」阿井豪特別提醒：「除了生命，還會看到死亡。」

死亡？

岩秀以為科技可以創造生命，沒有土壤就水耕，沒有綠樹就洞藏。所以坑人只有靠山，而洞人，無中生出永恆。

進入實驗室，阿井家的母親聚精會神，這個瞧一瞧，那個看一看，然後湊近什麼，盯上半晌。

「哪！穿戴這些，防止汙染。」

一說完，阿井豪自己也開始著裝，放慢動作，為了讓岩秀一步一步跟上。

兩人接近時，侍慕海一手夾子、一手剪，正在「處理」一些綠株，神態慎重但是怡然。

「有進展？」阿井豪問母親。

侍慕海點頭：「未來，番茄種的番茄一定更加強壯。」

番茄種番茄？

岩秀滿腹疑團，想問阿井豪卻又不知從那兒找到線端。

阿井豪也不回應，反而詢問母親：「造土成功？」

製造土壤？

岩秀瞪大眼睛，在這兒？一塵不染的番茄洞？

「哪，就這麼一點點！」侍慕海指著一旁的玻璃瓶，愉快地說：「番茄枝葉、沙子、水以及魔法！」

哈！魔法？岩秀聽出其中的努力與淡然，若非辛勤，怎麼可能？

「哇！真想趕快吃到番茄自己種的番茄啊！」阿井豪難掩興奮。

但是，我更想拿來種樹啊……

侍慕海沒說，神情卻是閃過一絲黯然？

或者夢想？岩秀不敢確定，只是不能點破，也不敢提問。

49. 三輸

沉睡的森林可以復甦？
從洞底？可這洞底不是已經住了人？
岩秀無法想像！
「多少土才夠種一棵樹？」阿井豪一臉嚴肅。
以及一座森林？
然而，這個問題稍稍安慰了侍慕海的酸楚，孩子啊，果然瞭解母親，這壓抑時日的情愫。
「養分夠嗎？能不能幫榆樹挺住？」阿井豪追問，不是質疑母親的研究，只是急出汗珠。
「眼下還不是良時。」
把樹種回來，當然要搶時？
土地一日比一日乾旱，再晚些，滾塵飛砂，再強韌的樹根也無法抓住鬆土。
「什麼時候才是時候？」岩秀勉強插嘴，卻立刻發覺自己失禮，不僅言語短淺，而且無憑無據。

「我們都很急……」阿井豪出言袒護。

岩秀只能頭兒低低。

侍慕海猶豫，也許有些話不宜太早提及，因此含混回答：「天不時與，地不給利，祈望人我無異。」

天時？地利？人和？

這麼說來，未來仍是一個三輪的博局。

岩秀和阿井豪同時嘆了無聲的一口大氣。

眼見兩個孩子滿臉頹靡，侍慕海決定洩露半句：「也許……侍木大典……」

50. 同路

侍木大典？

所以大家都要去？

小人兒眼睛骨碌碌，等著長鬚。

「咱們有別的目的……」長鬚樹人轉了頭，「不過，這兩個客人要去尋人。」

「尋人？」

岩氏夫與阿井老漢一起點頭。

「兩個落孩的孩子。」

「哎呀！」小人兒驚呼：「一對兄妹？一個魯直，一個三思，一個是臉上畫了咒符，一個呀，好像肚子裡都裝了書！」

阿井老漢以為那是在描述阿井英，卻又懷疑：「小女就是那個樣子，她應該在洞裡幫她母親看樹，不可能……」

至於岩氏夫，喜出望外，獲知孩子平安，幾乎哭泣。

「喔……這下子就簡單了！」小人兒高高興興，所以身體開始模糊。

「嘿！別急著走，說清楚……」短鬍樹人還有事！

「總之，咱們同路！」

「先走囉！」

「大典再見！」

小兒人的聲音飄忽，這兒一句，那兒一句，忽然，瞬間消失。

自無處來？

往無處去？

岩氏夫眨眨眼睛，確定方才的信息曾在此刻此處留駐。

「應該就沒事了！你可以放心！」長鬚樹人安慰客人。

「真想立刻見面！」岩氏夫卻不免掛慮。

阿井老漢也拍拍同伴的肩：「我想那小人兒不壞！」

此話一出，竟惹短鬍樹人不悅的問：「壞？我還怕小人兒被人帶壞哪！」

「哈！哈！你們毫髮無傷，所以，我們也不壞吧？」長鬚噴著風話。

阿井老漢急忙糾正自己：「失言了！我是說，幸好有小人兒搭救……」

「都是機緣啊！」長鬚一貫溫和。

「也許，」短鬍也稍稍息心靜氣：「否則，小島人是從來不理人的！」

「『同路』是指？」岩氏夫仍然心急。

「順流，咱們得跟著浪潮，才好移動這一群樹島啊。」

「咱們的『撈月船』也是如此，船輕，如飛。」阿井老漢找到比擬。

岩氏夫嘆了一口氣，說出警語：「看來，我們都中了浪人的局……」

51. 男孩哭了

不論好局或壞局，都要放手一搏。

而餅乾，若能拯救世界，為了上手當然要不眠不休！

阿井英完成試做，等著餅乾烤熟，思索再思索，小島人的發明如何運用於陸地，讓坑人不會挨餓。

傷透腦筋的，還有岩俊，養蟲，是根本，也是最大的難題，沒水，綠蟲怎麼活？

「這個給你！」

岩俊嚇了一跳，忽然眼前出現一個小瓶子。

瓶子後面，是小島人森森亮晶晶的眸子。

「餵蟲喝水！」森森說明：「最自然的水！」。

淼淼搶下瓶子、垮下面皮，問道：「你又跑去哪裡？」

因為淼淼累了。

男孩看似一知半解，這怒火，怎麼著？

繞來繞去，管來管去，淼淼再三解釋，偏偏男孩總少一根筋似的！淼淼只好在心裡囉嗦：沒學好，是他自己的事，若是養死了，丟了我的面子，害了蟲子，拯救世界就是不可能的事！

「你的面子是麼回事？」森森戳破淼淼的心思。

淼淼面紅了。

「你啊，」森森指著淼淼的鼻子：「沒人認識！」

淼淼轉羞成怒，即將消失。

「哎呀，開開玩笑，別溜！別溜！我要說大事！」森森趕緊攔住淼淼，給他笑臉，抱得他身心暖呼呼。

「長鬚那裡來了兩個客人，說是要尋人。」

「客人尋人？」

「我就說咱們也撈到兩個人。」

「煩人！」

兩個小島人的對話，是故意要說給「人」聽的。

阿井英早就豎起耳朵，但是暫時把回應忍著，要讓岩俊先說。

果然岩俊撇下綠蟲，兩眼灼熱，滾著淚珠，抽噎問著：「是咱的爹嗎？」

咦？如此肯定？森森瞅著淼淼。

而且這個男孩一下子就大哭了？淼淼瞪著森森。

「另一個，是不是白白淨淨的大個兒？」阿井英故作鎮定。

「嗯？」森森摸摸下巴，「在我看來，每個人都是大個兒。」

「總之，咱們很快就會碰頭。」

「長鬚幹嘛帶著他們？」

「咦？」森森湊近淼淼的耳邊說道：「短髯還偷偷問我呢，你幹嘛把他們撈上來？」

「……」淼淼一時結舌，張著嘴巴。

「對了！」森森突然拍掌，「忘記看他們的船！聽說他們的船會飛、會撈月亮！」

船？

會飛？會撈月亮？

岩俊和阿井英同時一怔，大為失望。

「阿爹沒船！」岩俊嘟噥。

「父親能造船嗎？」阿井英自問。

「咱們坑人只會鑽！」

「洞裡怎麼放船？」

岩俊和阿井英掃了興奮，努力讓心思回到綠眼蟲和餅乾。

「現在的奧提瑪大陸沒河沒湖，」阿井英還是忍不住推想：「要說有，也是好久好久之前的事了！」

「總之，長鬚要帶他們一起參加『侍木大典』，很快就能碰面。」小島人森森說道

長鬚？

短髯？

大海之上，還有別人？阿井英搜尋記憶，奈何書牆太深、太遠，忘了哪一本？

阿井英決定暫拋紛雜，所以央求森森：「再來研究餅乾吧！」

好啊！森森拍掌。

「那麼，我把方法再說一遍。」淼淼也重拾耐性。

岩俊點頭，暗自收拾起起落落的情緒，專心瞪著綠眼蟲。

52. 非地、非方

如果找到孩子，如何返航？

岩氏夫開始暗自盤算，所以問起潮流動向：「大樹群島如何回到原來的地方？」

長鬚樹人皺眉，思索半晌卻說：「原來的地方？我們沒有『原來的地方』，所謂『地』『方』，是在陸上，咱們一直都在海上，也就是說，我們不必回到『原來的地方』，唯一可能，就是把樹種回陸地，那麼，我們就會跟著上岸。」

短鬍抿嘴，是竊笑吧？

阿井老漢大致會意，接住語尾，半是歸納半是提問：「也就是說，在海上，到哪裡都一樣。」

長鬚僅僅回復以目光，是同意嗎？

岩氏夫瞟了同伴一眼，像是在說：沒有問出關鍵！

「如果脫離潮流……」岩氏夫支吾半句。

「樹群只有綁在一起的命運……」長鬚樹人又把話題拉遠。

聽著對話的繞圈與拖延，短鬍樹人顯得悶倦，索性直說了：「大家不必傷神，潮流啊，浪人操控，要翻便翻，想掀就掀。」

果然！浪人惡名，就連樹人也表贊同。

長鬚樹人卻持異見：「錯啦……那是表面……」

「遭殃的都是我們！」岩氏夫感觸最深，所以難掩氣憤：「孩子被浪捲走了……本來他們只是約好一起玩……」

「福禍相依。」長鬚樹人目光發亮，「情況或可……扭轉。」

扭轉？

怎麼可能？

不是才說「綁在一起的命運」？

所以，如何化被動為主動呢？岩氏夫暗自苦惱。

「也許……答案就在咱們要去的那個地方……」阿井老漢思前想後，確定「浪人」正是唯一的線索。

「非『地』、非『方』。」長鬚糾正。

「是……是……」阿井老漢會心一笑。

明白了！慣用語言往往隱藏偏執觀點。

浪人，必定還有不為「人」知的另一面！

岩氏夫瞬間轉念，因為坑坑洞洞，習於窺見，此際浮海，從大盆洋觀看，或能達觀奧提瑪大陸，另見活路。

53. 巨大宇宙

非地，非方，因為那兒是潮流的盡頭，是「浪人之艦」。

浪人之艦，其實是源頭，因其龐大，因其移動，尾流如潮之湧。然而，這也是召集信號，浮游海上的浪人得以搭上這一股潮流，全速返回。

扶落町已經抵達。

小島人森森與淼淼站在屋前，仰上一百個頭也望不到艦橋。

「快揮手！快揮手！」森森興奮的說：「他在看我們！」

他？

是誰？

岩峻和阿井英同時豎起耳朵，心生警戒，但是眼睛太窄、太忙，塞不下巨大的艦身，看不完陌生的奇觀。

「這比咱們的山陂還遼闊……」

「阿井家簡直短淺……」

「而且乾淨……」

「幾乎透明？」阿井英回頭瞄了小島人一眼。

難不成這是「巨大宇宙」？是「小宇宙」的母艦？

十分開心的森森，竟然沒有消失不見？

「快瞧！冰山！」森森拉著淼淼，甚至摟在一起，想要表達興奮卻嫌不夠。

「不行！我得去調整溫度，免得蟲兒凍著！」淼淼急忙跑向屋子。

凍著？

果然，阿井英感覺前臂的汗毛豎立一塊了。

森森依然笑呵呵：「這才新鮮呢！」

「不得了！不得了！」岩俊指著前方大喊：「樹凍著！」

阿井英把眼睛眨了眨，停頓半晌才找到話：「好多……好多大樹哇！」

「當然！那才叫『大』樹吧！」森森轉身指著自己的島，「我的樹就像草枝吧？」

哈！哈！哈！小島人森森被自己的話逗樂了。

真的！小島人森森的話說得既不卑怯也不誇張，阿井英和岩俊環顧小島的綠樹，頗有同感。

「不過啊，那些大樹是養在冷溫室裡，不能長太快，也不能長得太慢……哎呀，總之，這些事不歸我管！」

不能長得太快，阿井英懂得，就像母親的榆樹，冰藏在洞裡，每天只給它一點點陽光和水分，等著，等著，等著，等待肥沃的土壤。

至於，不能長得太慢？不懂！

岩俊無從印證，只知道，這景象，令人肅然起敬。

「走吧！」淼淼忽然竄了出來，手上拎著一袋餅乾。

「好啊！」森森雀躍地說：「給艦長嚐嚐新口味的餅乾！」

我們呢？

岩俊忽然緊張起來，會招惹什麼嗎？然而，是什麼呢？光是連「什麼」都不知道也教他渾身冷顫。

淼淼發現了，便問：「瞧他冷成這樣，總不能不管……」

「理由呢？」

「就說她……幫忙做餅乾！」森森瞧著阿井英。

淼淼瞪著岩俊，意思是：他呢？只會嘟囔！

「自然是幫忙養蟲啊！」森森把淼淼與岩俊摟著一團，「最重要的工作多了幫手，這真是太棒了！」

哈！哈！哈！阿井英不禁大笑，心想：森森真會磨人！

一向冷靜、優雅的阿井英竟然大笑！這可稀罕！森森因此更加亢奮，又跳又叫。

淼淼與岩俊，雖然無語，距離似乎被兜進森森的擁抱裡，但是還差一點，也許是神奇配方？

54. 森林是最美的讚嘆

一座島竟然就被繫上了，而且安安穩穩！

走囉！

從登島處離島，岩俊和阿井英跟著兩個小島人，踏上「浪人之艦」。

循著長長的堤道，岩俊和阿井英東張西望。

玻璃如山壁，透明，岩俊這麼對比。

堅固如洞牆，滴水難穿，阿井英這麼衡量。

「瞧！到處發光！」森森瞇眼又遮眼，以動作配合自己的形容。

嗯！岩俊跟著瞇眼遮眼，努力找個焦點。

阿井英則問：「為什麼這麼亮？」

漂亮！

淼淼抿嘴微笑，看似讚美，但是不發一語，打算把褒詞讓給森森來講。

「就是漂亮！」

淼淼瞪著森森，意思是：你該說別的，譬如「道理簡單」或者「造氧」。

森森點點頭，果然說得更明白一些：「道理非常簡單，抓住陽光，讓大樹呼吸，製造氧氣，浪人才會健健康康。」

「當然也得吃我們的餅乾！」淼淼得意的補充。

「原來浪人這麼幸福！」岩俊不是尖酸，而是不忍坑人蒙難。

阿井英同意，相較之下，番茄洞的生意只是局促一隅。

「既然這麼幸福，為什麼還來搶我們的土地？」

「不是『搶』，是幫！」

幫？

鼓浪翻波，把人捲走？把坑道淹滿？

「總之，這些不歸我們管，你可以問艦長！」森森一派輕鬆。

淼淼卻說：「你們也得幫忙。」

艦長？會見我們？

幫什麼忙？

該不會是想拘留我，要脅坑人？岩俊如此擔心。

該不會是把樹苗帶回陸地，像母親守護榆樹那樣？阿井英如此猜測。

「走吧，艦長等著呢！」淼淼提醒。

森森先行，岩俊和阿井英跟著，淼淼殿後，一行人離開堤道，真正進入「浪人之艦」。

巨大的溫室啊……阿井英立即想起自己家的番茄藤。

「哇！全部都是綠……」岩俊找不到足以形容的比喻。

「哈哈哈！你只要說『森林』就可以！」

「沒錯！沒錯！『森林』是最美的讚嘆！」

也就是說，母親的榆樹應該長成這樣？一大片森林？

「森林……」阿井英出神的說著。

綠色參差，葉片娑娑，彷彿也在學習這個形容：森林……

55. 犧牲

森林？

怎麼可能？

岩氏夫與阿井老漢站在樹頂平台，瞭望群島，努力把所有樹木集合到眼睛內，集合到腦袋裡，卻怎麼樣也無法想像「森林」，無法想像「森林」如何呼吸。

「譬如，一頭栽進我的鬍鬚裡？」

「也許茂密，」岩氏夫摸摸鼻，「不過，人的氣味……肯定比樹木嗆鼻……」

長鬚樹人哼哼，吸吸鼻，並不生氣。

「譬如，大樹的汗水？」短鬍樹人也提示。

對啊，小島人愛喝，也用它來做餅乾，做成的餅乾入口就化，香潤迷人，因為，那是雲霧薈萃啊！

阿井老漢回想那一口葉尖之水，的確沁入心脾，但是知道那是「淚滴」，便彷彿接收了大樹的傷瘀。

「樹木莫非預知死期，所以每一口都盡暢快意？」阿井老漢用力呼吸，但是漸漸猶豫，所以說得更加猶豫：「我似乎隱隱聽到一個聲音……嘆著……」

「流離？」短髯接續，甚至說出殘忍的事實：「是的！這些大樹是被放逐的，為了鍛鍊堅毅，準備……犧牲自己……」

放逐？

犧牲？

關於放逐，阿井老漢略知一二，因為自家洞裡冰藏一座沉睡的森林，樹木千忍百忍，為了等待一塊扎根之地，而且他也明白，守護森林的人也是一日比一日堅毅。

然而，犧牲？

既養之又殺之？何等殘忍！

「這是未來、現在與過去。」短髯樹人令人意外的沒有義憤或抵拒。

阿井老漢幽幽的說：「大樹一定也有求生意志。」

岩氏夫質疑：「難道不是為了搶回土地？」

長鬚樹人並不反駁，僅僅說道：「為了全體。」

總之，這是浪人的主意？

浪人之艦，究竟藏著什麼祕密？

把一群島樹放養又召回，有何道理？

56. 進入淡水港

分散的群島漸漸拉長，慢慢拉成一直線，因為「浪人之艦」呈圓形，單一入口，如圈如守，圈住冰山，守護樹群。

領航大樹首先抵達，進入「淡水港」。

短鬍樹人指著眼前蕩漾的波光介紹：「這些水可以直接喝，給人喝，給樹喝，是冰山消融而成，所以叫它『淡水港』，所以，這些淡水比大樹的汗水清涼，你們一定要嘗嘗。」

岩氏夫不敢置信，直呼：「這輩子還沒見過如此大的湖！」

喔不！是充滿淡水的港灣？那麼，奧提瑪大陸的捉月灣是不是曾經像這般澄泓、這般平靜？

岩氏夫胸中也跟著激盪，浪人安居此方，興浪？真是瘋了！

然而，坑人咒罵的浪人似乎並非瘋人？

「那是溫室！」阿井老漢更是喜出望外，指著港中一座座的小晶鑽。

「沒錯！」長鬚樹人開心的笑，第一次露出牙齒：「其中一座栽培草莓，會開漂亮的花，會生可愛的果，酸得我兩頰痛楚，又甜得我心頭軟酥酥。」

這是何物？酸酸甜甜？

是不是羊酪的酸？岩氏夫越來越覺茫然，哎呀，費解之物必然不止三兩樣……

這等先進的技術，竟然栽培出嬌弱的草莓！阿井家遠遠不及啊！

阿井老漢已然折服，因此滋生好奇與求知。

「更嚇人的是……『浪人之艦』比咱們山陵還要壯觀！」岩氏夫心底十分納悶。

上八洞和下八洞加起來也會輸得很慘！

所以，坑坑洞洞根本不可能聯防。

乍看便知，論物力，論科技，浪人確實藝高一等。

高下分明，岩氏夫與阿井老漢因此憂喜參半，雖然短鬍樹人並無惡意，長鬚樹人相當和善，種種跡象顯示，奧提瑪大陸的小氣與窄量怎麼匹敵大盆洋的浩瀚？

當初信誓旦旦的撲浪抗潮，豈非愚懵！

「不知道浪人有水可用……」

「不知道浪人種花種果……」

「不知道浪人還有盟友……」

「不知道浪人養著森林……」

不知道的，還很多！

岩氏夫與阿井老漢完全失了主意。

「走吧，艦長要見你們。」

艦長！

短鬍樹人的話語驚醒兩人，沒料到，正面交鋒來得這麼急！

「可否……」阿井老漢嘗試迂迴打探：「告訴我們……」

卻被岩氏夫的陡直搶先：「為什麼艦長要見我們？」

「我說過了，為了全體。」

「協力。」

喔，兩個樹人所言，一長一短，同樣淆惑，往好處想，可能是保證或安慰？

唉……

既已至此，只能見機行事，因此，岩氏夫與阿井老漢互有默契：第一，找回落海的孩子，第二，會一會浪人。

也許，揭開浪人之局。

57. 沒有編號

哪有浪人之局，不過是送你一個……「什麼」而已！

森森心底嘮叨著興奮：這等好事，千載……喔不，萬載難逢！

做餅乾，拯救世界的餅乾，可不能隨隨便便就教給人呢！

所以，為了公平起見，找一個坑人，找一個洞人，讓兩邊各自努力，或者說，彼此較勁，就像他們一向習慣的。

沒想到，這兩個孩子，只能合力……

淼淼在心裡抗議：又不是故意的，隨便撈撈，就撈到兩個，一個懶散，一個機靈，一個乖乖養蟲，一個可以動動腦筋。

而且……一男一女！

森森回頭看著淼淼，再瞧瞧岩俊與阿井英。

別想遠哩……

是……還遠著呢……

兩個小島人心有靈犀，竊竊私議，而樹木默默，無語。

阿井英努力調整步伐與呼吸，深怕浪費森林的氣息。

岩俊喘吁吁，大口嚷著：「好遠……」

「當然！」森森回頭告訴岩俊：「這兒是一個巨大的宇宙呀！」

巨大宇宙！阿井英被逗笑了，看來小島人的世界是以宇宙為單元，大大小小，編號。

「這裡不必編號。」淼淼補充，面色頓時莊重。

因為，浪人之艦，只有這麼一艘。

58. 實驗組合

「艦長到底在哪裡……」岩俊似乎快要斷氣。

「馬上就到……」森森安撫一句，聽不出有任何喘音。

岩俊已經沒有力氣再問、再質疑。

阿井英注意到樹身越來越高、越來越壯，整個人好似被什麼抬起，彷彿爬上樹頂，但是腳下安安穩穩。

是的，緩緩爬升，不像阿井家的旋轉梯，這兒是一條是蜿蜒的路梯。

「瞧……橋！」森森不改調皮。

哪裡是橋？岩俊立刻抬眉，暗自叨吸。

那麼高！

「艦橋，是艦長的房間，每一個角落都看得到！」淼淼簡單說明：「他在那兒指揮大大小小。」

「好像掛在懸崖的盒子……」阿井英望著、估量著。

「跑一跑，馬上就到！我跑囉……」

「喂！等……」岩俊連抬腿都覺得吃力。

不等岩俊說完，兩個小島人已經齊步飛奔。

阿井英一愣，隱約感覺頭暈，瞬間，艦長的房間忽然近在眼前，而且打開了門！

「艦長！艦長！這是我們新做的餅乾！」兩個小島人的情緒像話語一般高昂，回音也響得嚇人。

岩俊因此膽怯，不敢踏進。

阿井英提膽，定睛一看，看見一個人影，站在光幕中央，同時，有一隻黑色的手掌逼近，召喚：「來！請進……」

啊，慈祥的嗓音！

「您好……」

於是，阿井英穩下心神，慢慢挪移，側身，偏了光，終於見到稜線分明的面龐。

「就是她！就是她，我教她，她已經會做餅乾……瞧！這裡有一半！」森森說個沒完，比手劃腳，像跳舞一樣。

「門邊挨著的那個男孩，」淼淼相對冷淡，「負責養蟲。」

「嗯……」艦長思索，然後爽快的對著小島人說：「看來你們的評估沒錯，這是一對組合。」

評估？

組合？

說什麼實驗的玩意兒？

阿井英想起母親的研究，錯一點然後對一點，對對錯錯就是這麼過，可是母親總是說：值得。

眼下艦長也想這麼做？

兩個小島人點頭，似乎早已談妥。

因此，艦長開口：「給你們一座小島如何？」

59. 芙蘿菈

快！快！快點頭！

不然不放你們走！

森森沒說話，但是盯著阿井英，眼珠溜溜轉的催著。

嗯……淼淼的臉也繃著，間接證實：艦長不會胡說！

這……什麼！

岩俊不知從哪裡想起，只有躲！

然而，淼淼搶先一步，擋住門口。

倒是阿井英仔細考量了，思前因，想後果，然後慎重的問：「那麼我的……我們的島上也可以種花種草嗎？」

「太棒了！太棒了！咱們有伴了！」森森樂得跳跳蹦蹦。

淼淼依然冷冷回應：「鄰居。」

阿井英看著岩俊，岩俊知道阿井英腦袋裡想的只有一樁：拯救世界的餅乾！然而，岩俊還是臉紅了，從額頭紅到脖頸兒。

慢點！慢點！這得好好想想！

岩俊揪髮，想破頭。

阿井英也在心底詢問自己：真的要變成小島人？擁有一個小宇宙？

「想種什麼就什麼。」艦長說。

「想種什麼就能種什麼！」森森已經開始傳授經驗了。

於是艦長下令：「小宇宙，編號三七二四二，又名『芙蘿菈』，請與小宇宙編號三七二四一『扶落町』保持密切聯繫，不懂的，問他們就可以。」

哇！森森忍不住抱住阿井英說道：「開心！」

亮晶晶裡閃動淚水？

阿井英低頭望著森森，怯怯羞羞的說：「我也……開心！」

「但是我想回去！」岩俊終於鼓足勇氣，吼出壓抑。

「啊……對不起……」阿井英忽略同伴的心情。

「沒關係。」艦長微笑以對，「先見見你們的家人，滿心歡喜了，再做決定。」

家人？

來這裡？

岩俊放聲大哭，也不管鼻涕。

艦長忽然轉身，黑暗一轉眼併合光幕，像抽掉時時間的隔膜，四個大人出現在另一半的空間裡。

「俊？」

「秀？」

兩個父親驚慌的喊著名字，不敢置信。

阿爹？

父親？

60. 再會

岩俊抱著阿爹，喃喃說著：「對不起，害您擔心。」

而阿井英只輕聲詢問：「榆樹可好？」

當然！阿井老漢點頭，知道這是女孩兒拐了好多彎的問安，如同把阿井家的旋轉梯繞了幾回，最後決定留在那一層，如同母親每日凝視沉睡的森林，表示身心把定。

小島人森森則纏著短鬍樹人，要他嘗新，而且一邊誇讚女孩的聰穎。

淼淼並不加入，悄悄走近玻璃，貼著臉，陪著長鬚樹人觀看外面的天幕。

浪人之艦。

淡水港。

樹群此時靜靜等候「侍木大典」，盡情暢飲著久違的以及最後的清涼。

聽了艦長的說明，兩個父親面容順著喜、怒、哀、樂繞了一圈，沉思，又沉思，神色總算漸漸露出放心。

「不捨，不得。」長鬚樹人有意無意的說。

淼淼點頭：「咱們因為蟲屍得救。」

嗯！犧牲。

短鬍樹人心裡難受，犧牲大樹，難道真是不得不的選擇？

「救幾個算幾個！」小島人森森還是努力把大家逗樂。

「可以嗎？」阿井英沉著的問。

阿井老漢將女孩一摟：「啊……妳幾乎就是妳母親的翻模。」

女孩笑了。

女孩也懂了：父親不忍也不會阻擋啊，自己眼下的抉擇。

「請幫我跟母親說一說。」

聽出女兒的堅定，阿井老漢眼眶一熱，點了頭，此刻，只能用力、再用力一摟。

女孩閉眼，感覺就在瞬間返回阿井家的番茄洞，上上下下跑透。此刻，眼睛必須緊緊閉著，緊緊閉著，因為，一睜開，就要永遠割捨。

「啊，孩子……」老漢此時拙舌。

父親……

母親……

哥哥……

阿井英彷彿把一家人都摟著。

因為，一放便是千尋之隔。

61. 雙生之島

小宇宙編號三七二四一本來獨立，而且唯一，從此小宇宙編號三七二四二形成負載，做伴浮海。

「扶落町」與「芙蘿菈」變做雙生之島，存在於時空之外。

「侍木大典」在即，小島人必須先行離開。

因為使不上力，因為，那是人類的戰局。

更要緊的是，生殺的殘忍，必須讓小島人迴避。

餅乾裡的快樂也得一起留著，所以做餅乾的小島人不能哭哭啼啼，所以森森常常這麼教淼淼：「笑一笑，天天瞪著你的綠眼蟲也會受到感染，咱們做出來的餅乾才有正面的能量。」

「芙蘿菈」的任務也是一樣。

森森和淼淼，岩俊與阿井英，必須一起放掉悲傷。

「走吧。」艦長掐算著時刻。

的確，侍木大典不容耽擱。

長鬚樹人給了承諾：「別擔心，我們很快會再見面的。」

短鬍樹人也給了功課：「趕快做出花餅乾吧？」

嗯！

於是，森森邁開步伐。

岩俊和阿井英慢慢跟上，淼淼仍然押後。

穿越森林，就能忘卻依捨。

才出指揮室，森森立刻笑呵呵，對著阿井英說：「你們的『芙蘿菈』已經準備好了！」

說有島就有島？

「等等！」岩俊不免懷疑：「原來是存心把我們騙來這兒？」

森森搖動手掌否認：「不不不！這是你們的選擇。」

「哼，一直瞞著，就是欺騙！」

「沒辦法，撈到囉……」淼淼說得輕鬆。

原來淼淼也懂幽默！阿井英微笑，瞧著三張嘴開開合合，一點兒也沒動肝火，是了，其實是要轉移離別的折磨。

「我要跑囉！」森森忽然說。

淼淼點頭，似乎早就等著。

「再歇一會兒……」岩俊想起這森林有著沒完沒了的曲折。

森森面露神祕密的說：「等咱們回到島上，你就可以休息一整個宇宙……」

休息一整個宇宙？

岩俊反駁：「我才沒那麼懶！」

這是把時空揉在一起了？

阿井英眼前霎時亮起一片星空，開懷的說：「這麼詩意！」

「就是嘛！製造快樂也是我們的職責！」

「快跑！」淼淼催著。

忽然間，森森一抬腳，森林就動了，沒多久，已然抵達長堤盡頭，兩座小島在招手。

「哇，是真的！」岩俊忘了一瞬震動，直盯著兩座小島，「而且還是一模一樣的！」

「不一樣……」阿井英指著其中一座：「我們住這兒！」

呵呵！森森抿嘴笑了。

「我會不時督導你的……」淼淼說。

「隨時過來坐坐！」森森說。

「謝謝你們！」阿井英終於擋不住一肚子的淚水，攬住兩個小島人緊緊摟著。

岩俊此刻也完全明瞭了，那一座繽紛的「芙蘿菈」將是他的小宇宙，悠悠蕩蕩，卻是永遠存在著。

離愁冰消，在這個淡水港口，取而代之的是喜樂，岩俊的心頭發熱、臉頰發燙，直愣愣盯著一個美人兒……

走囉！

走了！

62. 碎樹，萬段

小島人走了。

岩俊和阿井英也走了，這一走，就是水土兩頭。

「時空之隔其實無礙！」長鬚樹人和緩的說。

艦長點頭：「接下來就是大人的事，大人得把宇宙頂著！」

岩氏夫與阿井老漢雖然並不十分明瞭箇中緣由，卻能隱隱約約感受到一份壯烈的決心，攸關「侍木大典」？

是的，樹人捻著長鬚，捻著時辰。

短鬍樹人貼近玻璃，俯視淡水港：「小溫室已經收妥，樹群已經喝足……」

岩氏夫與阿井老漢屏息，未知所措。

艦長抬手，指揮室內立即出現一個透明的控制板。

「再見了……」短鬍樹人哽咽。

為何如此悲痛？

艦長面色嚴肅，將手掌抵住方格，低沉吟出：

大人別哭
把世界留住
碎樹，萬段
醞釀一塊新生土
小島人別哭
在時空漂浮
蟲屍，萬萬
化做餅乾饗靈物
樹啊樹，千萬別枯
埋根於坑坑洞洞
記憶三千大千
說說故事

眼淚撲撲！

嗚……短鬍樹人再也隱忍不住，掩面而泣，顧不得什麼儀式或者面子。

「碎樹，」長鬚喟嘆：「萬段矣！」

碎樹？阿井老樹忽然一震寒慄。

萬段？什麼儀式？岩氏夫推估「浪人之艦」的科技必定相當進步，也許超越洞人，然而，四周空曠，除了玻璃，別無他物。

短鬍樹人背對玻璃，卻又轉身極目，彷彿點名招呼每一棵樹，更像是一一揮別親故。

岩氏夫急忙挨近玻璃，想要看個清楚：「果然，樹……」

阿井老漢則注意到淡水港上反射光絲。

「水變硬……喔不！慢慢凍結……」阿井老漢想起妻子侍慕海的實驗。

土！

造土！

63. 枝接

番茄種番茄！

樹種樹！

長鬚樹人點頭：「加上小島人製作蟲粉的低壓膨爆。」

「啊，這是天工開物……」岩氏夫稍稍頓悟，卻無法理解其中技術。

阿井老漢則擔心接續的事：「冰爆？波及之處？」

巨大宇宙是引爆點，惡名推給「浪人之艦」。

然而，艦長的計畫在於高瞻、在於遠矚，要讓水土枝接，水土戰爭其實是為了種樹！

64. 飛彈

興浪人的擊發點已經散布。

侍慕海也收到發射令，進入倒數計時。

此時，艦橋如懸，是一個小盒子高掛在浪人之艦，它是攻擊的重點，也是防守的弱點。因此，艦長必須利用此點，興浪人與坑人合作實為反間，借力使力才能遂行大業。

此刻，人心如懸，長鬚樹人與短鬍樹人愧見群樹容顏，冰凍之下，那生氣依然昂昂，赴死不悔的模樣。而岩氏夫與阿井老漢只能旁觀，略窺浪人在掀浪之前如何蓄勢、推演。

艦長把穩了，俯瞰，仰觀，豎耳傾聽動靜，樹群已經冰透十分，待命。

「啟動！」艦長忽然下令。

浪人之艦開始旋轉，慢慢加速，形成推力。

冰凍的淡水港脫離艦身。

「飛彈來了！」短鬍樹人指著空中一個移動的小黑點。

「浪板！」艦長再吼一聲。

霎時，浪人之艦由港口向外推展，圓形拉直，後退，堆起一股波潮，暫時捧著，伺機傾翻。

「避震！」

第三個指令才下，一艘飛船撞向冰山，瞬間，冰凍的淡水港爆裂。

「碎樹！」岩氏夫終於將一切串聯。

「萬段！」阿井老漢也明白兩個樹人的牽絆。

這冰爆，是樹與人的通連。

這冰爆，是水與土的比鬥、較量，以碎樹交鋒。

65. 千堆浪

「掀浪！」艦長高呼。

成敗在此一舉。

變形為平板的浪人之艦緩緩後退，藉以擋住最大量的海水，然後奮力一推，將萬段碎樹拋向陸地。

「原來這就是奧提瑪大陸所見的凶浪！」岩氏夫恍然徹悟。

阿井老漢嘆了一聲：「咱們誤解太深！」

「無妨！」艦長似乎習慣，「吾乃『侍橡』，只願護樹，什麼惡名都能擔。」

慚愧。

抱歉。

岩氏夫與阿井老漢此刻滿腹雜感，卻找不到適合的言語。

「接下來就仰仗兩位了。」長鬚樹人的和善之中帶著鼓勵。

短鬍樹人則有如託付，又難遣懷疑：「請以樹種樹，群樹的犧牲才有意義！」

「幫忙種樹當然可以，可是奧提瑪大陸坑坑洞洞的……」岩氏夫知道焦黃的山陂無能為力。

「別擔心，樹苗已經甦醒。」艦長說明。

長鬚樹人微笑的說：「侍榆已經完成任務。」

侍榆？

阿井老漢驚問：「老漢之妻？」

「是的，浪人樹人，樹人浪人，浮海之侍，」長鬚樹人一一介紹：「侍橡、侍櫟、侍榕，以及尊夫人侍榆。」

66. 發射森林

侍榆，就等碎樹萬段。

大盆洋上發生冰爆之時，阿井家的沉睡森林已被喚醒，射向洞外，若能覓得碎樹為土，便有機會伸根、扎根。

阿井家的母親，侍慕海，因此激動，淚流滿面。

「母親，您別哭，」阿井豪勸一勸：「大樹復活了呀！」

岩秀也忍不住興奮：「是啊，森林已經發射出去了，您該高興呢！」

「但是，犧牲很多大樹……」阿井家的母親不忍的說。

岩秀與阿井豪想起實驗室的「造土」。

番茄種番茄，靠的是番茄枝葉、沙子、水以及魔法！這個魔法是時間嗎？

那麼「以樹種樹」的魔法也是時間嗎？

阿井豪問母親：「怎麼可以等這麼久啊？」

一語雙關！岩秀聽出其中的敬佩與責難，值得敬佩的是浪人，應該責備的當然是一直生活在奧提瑪大陸的坑人與洞人……

「所以我才支持『換人』，」侍慕海擁著兩人，語重心長的說道：「未來，養樹的任務就交給你們！」

好的！

嗯！

「那麼，咱們明天出洞，把樹扶正！」侍慕海期待外面的天光。

本來鬥志昂揚的阿井豪腦中忽然閃過一個疑問：這麼一來，換人計畫就要終止了嗎？

岩秀笑得靦腆，怎麼彷彿心有靈犀一般！

阿井豪瞅著、等著回答。

然而，岩秀回報以燦爛笑聲。

意思是：也許，可以再延一延？

67. 大義

掀浪，就是浪人與樹人合謀的戰爭。

傾注大盆之水，以解奧提瑪大陸之旱。

這一次，利用游艇為彈，引爆冰樹，恰有岩氏夫與阿井老漢見證。

侍木以弒木，何等大義！

所以阿井老漢接受浪人之託：「日後，請以大潮為信，召喚吾等，定為萬段碎樹闢建一塊安息之壤。」

「然後種樹，橡、榕、櫟什麼都種！」岩氏夫也願意分擔。

短鬍樹人點點頭，表示肯定。

「那麼，一路順風！」長鬚樹人已經擺出送客的輕鬆與淡然。

艦長抬手，透明控制板隨即出現，才一觸，指揮室猶如飄雲，從艦身高處抵達海平面。

「原船奉還！」艦長指向外面。

撈月船！

岩氏夫與阿井老漢幾乎忘了這一艘小圓盤。

「浪頂已遠，只要順著潮流，必能安返。」長鬚樹人準備送客。

短鬍樹人則遞上一個小袋表示：「拯救世界的餅乾！」

啊！小島人！

岩氏夫與阿井老漢頓生焦煩，回去之後，應該如何解釋「扶落町」與「芙蘿菈」？以及岩俊與阿井英決定變成小島人？

少年文學50　PG2242

餅乾戰爭

作者／蘇　善
責任編輯／陳慈蓉
圖文排版／林宛榆
封面設計／楊廣榕
出版策劃／秀威少年
製作發行／秀威資訊科技股份有限公司
114 台北市內湖區瑞光路76巷65號1樓
電話：+886-2-2796-3638
傳真：+886-2-2796-1377
服務信箱：service@showwe.com.tw
http://www.showwe.com.tw

郵政劃撥／19563868
戶名：秀威資訊科技股份有限公司
展售門市／國家書店【松江門市】
104 台北市中山區松江路209號1樓
電話：+886-2-2518-0207
傳真：+886-2-2518-0778

網路訂購／秀威網路書店：https://store.showwe.tw
國家網路書店：https://www.govbooks.com.tw
法律顧問／毛國樑　律師

總經銷／聯寶國際文化事業有限公司
221新北市汐止區康寧街169巷27號8樓
電話：+886-2-2695-4083
傳真：+886-2-2695-4087

出版日期／2019年5月　BOD一版　**定價**／270元
ISBN／978-986-5731-94-6

秀威少年
SHOWWE YOUNG

國家圖書館出版品預行編目

餅乾戰爭 / 蘇善著. -- 一版. -- 臺北市 : 秀威少年,
2019.05
面 ;　公分. -- (少年文學 ; 50)
BOD版
ISBN 978-986-5731-94-6(平裝)

859.6　　　　108002660

讀者回函卡

感謝您購買本書，為提升服務品質，請填妥以下資料，將讀者回函卡直接寄回或傳真本公司，收到您的寶貴意見後，我們會收藏記錄及檢討，謝謝！如您需要了解本公司最新出版書目、購書優惠或企劃活動，歡迎您上網查詢或下載相關資料：http:// www.showwe.com.tw

您購買的書名：________________________________

出生日期：________年________月________日

學歷：□高中（含）以下　□大專　□研究所（含）以上

職業：□製造業　□金融業　□資訊業　□軍警　□傳播業　□自由業

□服務業　□公務員　□教職　□學生　□家管　□其它_____

購書地點：□網路書店　□實體書店　□書展　□郵購　□贈閱　□其他

您從何得知本書的消息？

□網路書店　□實體書店　□網路搜尋　□電子報　□書訊　□雜誌

□傳播媒體　□親友推薦　□網站推薦　□部落格　□其他__________

您對本書的評價：（請填代號　1.非常滿意　2.滿意　3.尚可　4.再改進）

封面設計____　版面編排____　內容____　文／譯筆____　價格____

讀完書後您覺得：

□很有收穫　□有收穫　□收穫不多　□沒收穫

對我們的建議：________________________________

____

____

____

請貼
郵票

11466
台北市內湖區瑞光路 76 巷 65 號 1 樓
秀威資訊科技股份有限公司 收
BOD 數位出版事業部

（請沿線對折寄回，謝謝！）

姓　　名：＿＿＿＿＿＿＿＿　年齡：＿＿＿＿　性別：□女　□男

郵遞區號：□□□□□

地　　址：＿＿＿＿＿＿＿＿＿＿＿＿＿＿＿＿＿＿

聯絡電話：(日)＿＿＿＿＿＿＿＿＿ (夜)＿＿＿＿＿＿＿＿＿

E-mail：＿＿＿＿＿＿＿＿＿＿＿＿＿＿＿＿＿＿